U0116977

马克斯自述：成功因素

——我的邮商生涯

【澳大利亚】马克斯·斯托恩 著

高 山 译

人民邮电出版社

北 京

图书在版编目（CIP）数据

马克斯自述：成功因素：我的邮商生涯 / （澳）斯
托恩著；高山译. -- 北京：人民邮电出版社，2011.11
ISBN 978-7-115-26682-8

Ⅰ. ①马… Ⅱ. ①斯… ②高… Ⅲ. ①邮票－企业经
营管理－经验－澳大利亚 Ⅳ. ①F636.11

中国版本图书馆CIP数据核字(2011)第219430号

马克斯自述：成功因素——我的邮商生涯

- ◆ 著　　　[澳] 马克斯·斯托恩
- 译　　　高　山
- 责任编辑　丛志军
- 执行编辑　初微微

- ◆ 人民邮电出版社出版发行　　北京市崇文区夕照寺街 14 号
- 邮编　100061　　电子邮件　315@ptpress.com.cn
- 网址　http://www.ptpress.com.cn
- 北京画中画印刷有限公司印刷

- ◆ 开本：700×1000　1/16
- 印张：13
- 字数：127 千字　　　　　　　2011 年 11 月第 1 版
- 印数：1- 3 000 册　　　　　　2011 年 11 月北京第 1 次印刷

著作权合同登记号　图字：01-2011-6550 号

ISBN 978-7-115-26682-8

定价：46.00 元

读者服务热线：(010)67132837　印装质量热线：(010)67129223
反盗版热线：(010)67171154

献 词

　　愿将此书献给我的所有家庭成员，他们一直伴随着我的邮票经营，我事业的成功有着他们的贡献；献给我故去的妻子——夏娃，她每天都陪伴着我一起工作；献给我的两个女儿——朱迪和露丝，她们经常给予我帮助；献给我的外孙女——比琳达，她现在已成为我邮票店的一员；献给我的女婿——萨姆·西格尔，他与我大女儿结婚后就一直在我的公司工作，是我的左膀右臂，现在已经成为公司的经理。如果没有萨姆，我的事业将无法前行。

感　谢

我愿对梅克尔犹太社区图书馆表示衷心的感谢，对本书责任编辑阿黛尔·赫尔斯表示感谢，是他们的努力才使得我的第二本书的发行成为可能。我要对露斯·兰德的校对，艾兹·马默的封面设计与排版以及朱利·坦纳的印刷指导表示感谢。我还要感谢梅克尔图书馆的馆长里纳·费莱兹格以及她的助手汉纳·雅哈姆。

澳大利亚邮政及维多利亚皇家集邮协会的理查德·布瑞肯为书中许多章节提供了我们需要的写作素材，还核实了书中一些事件及日期。我的家人和朋友都知道，我总是记不准日期，当然，邮票的发行日期除外。

我还要感谢我的同事、雇员及朋友，在本书采编的过程中接受过我的采访。

序

2004年11月，斯洛伐克籍犹太裔澳大利亚著名邮商马克斯·斯托恩先生撰写的自传《我的邮票生涯》在中国出版。作为译者，那本书的封面给我留下的印象太深了，一位慈祥的老人面带微笑，右侧是他青年时代在德国纳粹排犹时期身陷囹圄的一张全身照片，倔强地伫立在凛冽的寒风之中，坚毅地凝望着远方。

我同作者相识已久，他多次来中国参加商务活动，在中国举办的大型国际邮展上也可以看到他的身影。因此，许多中国集邮者对他都有所了解，知道他是世界集邮界中的传奇人物，他在中国集邮界享有盛名。

一次见面，我对他说："您老在中国集邮界名声很大，按中国人的习惯，他们称呼您为'马老'或'老马'"。他问我，"马老"与"老马"有什么本质区别？我回答说，听起来区别不大，本质上区别大了。汉语是世界上最有意思的语言，在中国，对上了岁数的平头百姓，习惯在其姓氏的前面加个"老"字；而对一些有声望、有成就的老人，习惯在其姓氏的后面加个"老"字。别小看这一前一后两个"老"字，本质却非同寻常。姓氏前面带个"老"字的平头百姓，在中国随处可见；而在姓氏后面加"老"字的老人在中国却凤毛麟角。他思忖片刻，对我说，"那我更喜欢'老马'这一称谓，因为，我就是平头百姓。"他就是这样一位平易近人的老人。

2010年11月，马克斯又要来中国访问。临行前，老人通过电子邮件约我在北京见一面。初冬的一个阳光明媚的日子，他如约而至，老人精神抖擞地和我聊了两个半天，交谈中，他一直侃侃而谈，而我是一位称职的倾听者。

我从交谈中得知，老人又写了一本介绍他一生邮票经营的书——《马克斯自述：成功因素——我的邮商生涯》。这本书要在2011年3月2日他90岁生日前后出版，他盛情邀请我为他即将出版的新书写几句话，作为中国朋友的赠言印在书里，我爽快地答应了。此后，话题就围绕着他的新书展开。

马克斯在谈到他写书的初衷时说，人老了，站在人生的岁尾，回想起自己一生的邮票经营，很多经历沉积于心。原以为，它们只不过是长埋在自己心中的宝贝而已，后来发现把它们写出来、形诸于文字与别人分享就会成为大家的宝贝。

他在谈到他在邮票经营领域成功的秘诀时说，只是有准备的人，才能在机遇到来之时不留下失之交臂的遗憾。他是那样地理解邮商群体以及他们从事的事业：找到潜在的集邮者，把他们带入集邮领域，让他们体验集邮的乐趣，让他们的生活多姿多彩，让他们领略收藏的价值，让他们从集邮中得到知识和财富。

他在谈到这本书的写作体会时说，自传体不必太在意文学性，只要表达真实的感情就好，这种像蜜蜂酿蜜一样的自由随性反而更容易接近生活的本质。因此他也不把这本自传当做艺术作品看待，权当自己隔着时空没完没了的对话吧！

老人自我调侃说，自己不是作家，写作只是一种自我需要，让自己成为一个更充实的人。因为写作的缓慢与工程的浩大，老人起初有些许的不适应，慢慢他开始享受这个过程。

在他回国后不久，我就收到他寄来的样书，我从头到尾看了一遍，马上就有了将这本书翻译成中文，以飨中国读者的冲动。

因为，我清楚，中国集邮者可以通过书浏览老人的内心世界，爬梳一位世界顶级邮商的不凡经历、思维观念、经营手法、服务方式。

感谢马克斯，他的经历、他的故事、他的书，给了我们很多新鲜的感悟。

以上，权以为序。

高山

2011年4月18日

目　录

01　我的职业从这里起步　　　　　　　　　　　　　　　　　　　　1

02　战争年代　　　　　　　　　　　　　　　　　　　　　　　　　6

03　战后在欧洲的邮票交易　　　　　　　　　　　　　　　　　　19

04　第一次踏上纽约　　　　　　　　　　　　　　　　　　　　　22

05　布拉迪斯拉发的新生活　　　　　　　　　　　　　　　　　　25

06　离开捷克斯洛伐克　　　　　　　　　　　　　　　　　　　　27

07　新澳大利亚人　　　　　　　　　　　　　　　　　　　　　　31

08　走自己的路　　　　　　　　　　　　　　　　　　　　　　　37

09　在澳大利亚邮票生意上的幸运突破　　　　　　　　　　　　　40

10　1956年的墨尔本奥运会　　　　　　　　　　　　　　　　　　43

11　20世纪50年代至60年代的家庭与事业　　　　　　　　　　　47

12　1963年至1965年间的阿姆波尔促销活动及其幕后花絮　　　　49

13　澳大利亚全国邮展"加字"风波　　　　　　　　　　　　　　55

14　与中国有关的集邮闲趣　　　　　　　　　　　　　　　　　　70

15　家族生意　　　　　　　　　　　　　　　　　　　　　　　　77

16　全国邮票周　　　　　　　　　　　　　　　　　　　　　　　84

17　钱币生意　　　　　　　　　　　　　　　　　　　　　　　　89

18　邮票火爆的年代　　　　　　　　　　　　　　　　　　　　　94

19　顾客、邮票和市场的变化　　　　　　　　　　　　　　　　　96

20	藏品与收藏	103
21	邮票目录	109
22	代理商	112
23	犯罪与品行不端	116
24	大卫·"乔治"·吉	121
25	菲利浦港拱廊的20年	126
26	84年澳大利亚国际邮展——澳大利亚集邮进入新时期	128
27	澳大利亚与美、英、前苏联联合发行邮票	139
28	捷克斯洛伐克交易	154
29	更大的空间,更多的窗口	156
30	海外旅行	158
31	新的方向	167
32	不断转换的环境	172
33	档案收藏	176
34	七嘴八舌话老马	178
35	返回德国克里维茨	189
	译者后记	193

01

我的职业从这里起步

1934年，我13岁。那时的我，明眸皓齿，少年意气。按以色列人的习俗，第二年我就是成年人了。当犹太儿童到13岁时，都要参加成年礼，那是一个特殊的生日庆祝礼，是在神明的指引下家人和亲属共同翻开青少年人生成长中进入成年的最重要的一页。在成年礼仪式上，受礼少年要接受众人的礼物和祝福。

为此，父亲为我买了一个成年人的礼物，一本带有插图的舒伯克定位邮册。小时候，父母给块糖就能高兴半天，何况一本邮票册了。面对五彩斑斓的邮票，能否找到相对应的位置，并将收藏到的邮票正确地摆放在邮册中对我是一个很大的挑战。

那时我的集邮知识很少，完全不懂得邮票的价值，只知道要尽可能多地收集各个国家的邮票。为此，在我的两本集邮册中插满了各国邮票。收藏邮票使我对家乡以外的世界更感兴趣，沉浸于对外国风光、名胜的畅想之中。

我最大的一次收获是得到了一枚南非发行的三角邮票，那是世界上第一套异形邮票。我似乎一下子成了拥有至宝的财主，每天拿出来仔细欣赏，然后将它摆在我枕边，与我共同入眠。父亲鼓励我收藏邮票，父子二人经常在一起将收集到的邮票插在邮册里。

鲁达斯是父亲介绍我认识的第一位邮商，他每周日的下午都准时来到我家。容貌娟秀美好、性格温和的母亲为客人端上一杯茶，然后退出卧室继续干她的家务。

父亲和我与他坐在一起，挑选他带给我们的邮票。我们告诉他想购买哪些邮票，还要把整套中缺少的邮票补齐。就那样，我和父亲在集邮的海洋里探微测幽，完全不知世上还有灾难在等着我们。

与鲁达斯的交往持续的时间不长，政治形势发生了变化，他立即成了一个狂热的法西斯分子、一个纳粹德国种族歧视的拥护者。1938年12月，他在一份集邮报刊——《多瑙河邮报》上，用德文打出一则广告，宣布成立"雅利安人的邮票屋"。

雅利安人一词源于梵文，意为"高贵"。第二次世界大战中，纳粹恶首希特勒在宣扬种族优劣、生存空间等理论时，认为雅利安人是世界上最优秀的种族，除日耳曼人保持着纯正的雅利安人血统外，欧洲其他种族的人，要么血统不纯，要么种族退化，已经成为劣等人种。为了雅利安人保持高贵血统不退化，就要消灭欧洲境内的非雅利安人，特别是犹太人。

1933年，希特勒掌握了政权，先是犹太人的家园平添了许多灰色，后是生活变得越来越艰辛。接下来便是世界灾难连连，战事不断，犹太人悲惨的命运拉开了序幕。纳粹淫威下的欧洲冷漠地对待犹太人，冷漠的叫人冷漠，寒心的叫人寒心。

西方有句名言叫"从小看大"，命运十分顺从地应验了那句谚语。当时已经上学的我只有14岁，就能用自己在邮票交易中赚到的钱支付学费了。1936年，我到维也纳学习机械工程专业，维也纳的教育程度更为发达，与布拉迪斯拉发的距离乘车只有一个小时的路程，我几乎每个周末都回到布拉迪斯拉发的家里。

我的家乡冬季很长。小的时候，特别喜欢春天。那时的春天似乎总是有着许多的惊喜给我，因为花儿总是次第着开，鸟儿总是次第着来，衣服总是次第着减，暮色总是次第着晚，连心思也是次第着活跃起来。

在学校的经历大都记不起来了，唯一记得的是当年一笔一划写信时的心情。有很长一段时间我是很迷恋写信的，那个时候总是有很多的心情，也有很多话要说。有很多信是写给好朋友的，不厌烦地写着学习与生活中琐碎的点滴，很多时候也幻想未来的样子。当然也有写给自己的吧，面对时局总是怀有一点点哀伤的心情，写一些哀伤的句子，然后激励自己要好好生活，好好学习，像个小大人一样感叹命运。

那个时候写的信不需要寄出去，当面交给朋友就行了。对此，我总是乐此不疲。也有寄出去的信，同班的一些好朋友为了躲避种族迫害而离开学校，信会真的在邮局盖上邮戳寄给对方。一时间，突然失去了身边的好友，真的很想他们，写着写着，读着读着就泪流满面了。

孩提时代，写信是我最美好的时光，承载着我最纯最真的感情。那些厚厚的信被我放在一个盒子里，藏在家里的柜子中。放假回家的时候就会翻出来看看，有的时候看到当时一些美好的经历，竟然咧嘴笑得特别开心。

一次暑假回家，柜子里的盒子不见了，家里那个时候重新粉刷，我想当然地认为被父母丢掉了。为此，我伤心得眼泪都流出来了。母亲陪着我到仓库里翻了半天，终于找到了。我对妈妈说，"要是找不到，我会终身遗憾的。"

一次，我在街上与一位好朋友不期而遇，就对他说："我前几天还看你写给我的信呢！"朋友嘿嘿笑着说："你还留着呢啊？你写给我的那些信，搬家的时候都找不到了。"在这个世界上，有的人总会有些美好的记忆，我想，在这些人当中，就有我一个。有些记忆，于你廉价，而于我珍贵。我总想，很多年以后我再看到当时的那些信会是什么样的感觉和心情呢？

周日的上午，我总是到布拉迪斯拉发的邮市上出售我从维也纳买来的邮票。当时，我主要卖新票，邮票交易的利润足以支付我的日常开支。周日上午和周二晚上在一个大的咖啡馆里有个邮市，很多人会光顾那里，他们在这个摊位上聊聊，到那个摊位上逛逛，那时的邮票交换和交易十分活跃。

1938年3月12日，纳粹德国入侵奥地利，排犹活动进一步升级，在维也纳继续完成学业已经不可能了，我只能回到家乡。

第二次世界大战前，在原捷克境内住有320万日耳曼人，大多数聚居于捷克西部与德国毗连的苏台德区。1938年，纳粹德国以此为借口，要求割让。那年10月，纳粹德国占领了苏台德区，翌年3月波希米亚一摩拉维亚保护国成立。同月，希特勒宣布斯洛伐克为独立的国家，并建立了法西斯政府。

父亲的公司就在苏台德区，那里的公司也不允许有犹太人雇员，突然间他失去了一切，包括他的收入来源。那年我已经18岁了，作为家中7个孩子中的老大，维持全家生计的重担自然而然地落在我的肩上了，我想到了依靠出售邮票来养活全家。

我十分清楚，那全都是生活所迫，我别无选择。我以前从来没想过，邮票能维持生计。因为有了那个选择，使全家生活在走投无路的时候出现了一线转机，谁能相信不起眼的邮票买卖，能承担起一大家子人的希望。

尽管全家的收入来源主要靠我，但并没有影响我和父亲的关系，我非常尊重我的父母。我不禁感慨：青春尚来不及知晓如何享受，业已近尾声。我的青年时代没能享受到轻松的时光，却被生活打上了"劳动力"的烙印。

父母总会对我的表现给予赞赏的目光。全世界的父母都是那样，只要子女能做一点点事就会满足。犹太人对于亲情自古含蓄，我从小就不善于表白自己，更不会当父母的面表达，只有通过努力做好自己的邮票生意代替自己要表达的话。

那是一个经营邮票的黄金时期，波希米亚—摩拉维亚保护国和斯洛伐克政权成立后，捷克邮票被加盖上"斯洛伐克国1939"字样。斯洛伐克是一战后欧洲的第一个共和国，那种绿色加盖邮票的图案设计并不美观，可是却能引起欧洲集邮圈的兴趣。那是因为邮票的发行数量稀少，大家都认为以后增值的空间很大。

"斯洛伐克国1939"加字邮票四方连

布拉迪斯拉发的一个著名的邮票店的老板阿丹姆维奇先生由于同邮政局有特殊的进货关系，给我提供了大量的加盖邮票，我的订单也因货源充足而纷至沓来。那时，大部分人只能买到10枚加盖邮票，我却可以成百上千地买。凭着那些邮票，我成为了一个真正的邮商。

来自欧洲各地的邮商云集到我家乡的邮市，在那里买进卖出。不久高面值的邮票售缺，可我还能得到它们。又过了四五天，加盖邮票完全售缺了，价格很快攀升。很快另外一种加盖的灰色的邮票面世了，我又能得到充足的货源。时至今日加盖邮票的价格一直不菲，一套第一组的斯洛伐克共和国的加盖邮票价值大约500美元。

我销售加盖邮票赚到很多钱，那时，人们购买邮票都是为了赚钱，从不计较从哪儿买或者卖给谁。

由于生意关系，我结识了一位克罗地亚的独立运动组织"乌斯塔沙"的军官，它是克罗地亚极端残酷的一个右翼组织，第二次世界大战中曾宣布克罗地亚独立并加入了以德国为首的轴心国。

当时，那位军官到我的家乡有特殊使命，什么使命我不得而知，但借机销售克罗地亚邮票倒是真的，恰巧那种邮票在集邮者中十分受欢迎。他每次到我们这里来，都要见我，我从他那里购买一些邮票。他用我支付给他的钱购买食物，那些食物在战时我的家乡是敞开供应的，而在欧洲其他地区是严格限量供给的。

1939年，德国入侵波兰，整个欧洲卷入战争。混乱与恐惧笼罩欧洲大地，纳粹德国的排犹、反犹活动还在不断升级，我的家人也面临着生离死别。

在兄妹中排行老四、老五的两个弟弟——库尔特和哈里面临着危险，德国纳粹要抓那个年龄段的青少年到"劳动集中营"，那是一个魔窟，很多人后来从那里被送到奥斯威辛集中营。父母只能通过当时国际社会组织的"运送儿童"计划送他们到英格兰。我们全家到车站为他们送行，汽车喇叭一响，车上车下哭声一片。就这样，成千上万名没有父母陪伴的犹太儿童为了躲避纳粹德国的迫害在战争爆发前被送往英国，日后和抚育他们的英国家庭生活在一起。我记得，那年春天出奇的干燥和寒冷，阳光没有丝毫的暖意，暗浊得令人心悸。

1939年8月初，第二次世界大战爆发前4周，父亲写了一封信给我的两个弟弟，那是父亲在他们俩去英国伦敦不久后寄给他们的信，他们一直保留到今天。

2009年，我到伦敦看望弟弟，他们让我看了那封信。那封家书除了对我们家庭十分有纪念意义外，也是一件十分罕见的实寄封。因为，那时很少有从被纳粹德国占领的斯洛伐克寄往英国的信件。

父亲娴熟的字迹把对儿子的情感和思念展露无遗。力透纸背的深情、泪湿稿笺的叮咛，从泛黄的信纸上体现出来。相信在当时弟弟们收到信后，一定是握在手心，捧在胸前，压在枕头下一遍遍品读、回味。一封家书是一份爱，浓缩了父与子相同的人生滋味。此情此景，历历在目。那封家书从东欧到西欧，是要经过纳粹德国占领区的。那期间，得有多少父子的冀盼在其中，这里无需赘言。

02
....

战争年代

通过周日的邮票市场，我和欧洲的许多邮商建立了业务联系，其中有5位著名邮商，他们是瑞典的罗尔夫·格麦森、丹麦的罗伯特·比彻格德、芬兰的劳瑞·佩尔顿、摩洛哥北部古城丹吉尔著名的邮商乔治·温色曼和列支敦士登瓦杜兹的阿方索·克劳门。

那时，我只能同中立国家的邮商开展邮票贸易，来往的信件都要经过军事检查站，由于很多人都知道邮票能赚钱，军事检查站的许多军官也喜欢集邮。我和他们通过邮票贸易慢慢熟悉起来，因此，通过丹吉尔进口英国新票没有遇到过任何问题。当然，贸易上的来往信件都是用德语书写的，当时欧洲的很多地区都讲德语。

当时，我同邮商们的关系很密切，即使一些年纪看上去是我倍数的邮商也亲如兄弟。说来感人，有一些朋友，甚至没有见过面，但却会在你落难时帮忙，阿方索就是那样的朋友。第二次世界大战结束前，我从来没有见过阿方索，我们之间的联系都是通过电话。他应征到德国军队任厨师，驻扎在奥地利。他的家住在邻国列支敦士登，周末总要回家团聚。

我家里没有电话，联系时只能跑到中央邮局去打电话。先递上联系人的电话号码，然后等待着接线员帮你联线。联系的时间很长、很慢，很多人在邮局里一边等着一边睡觉，等待着接线员帮你联线到另外一个城市。当接线员帮助你联线好了，你就要跑到电话亭里，拿起听筒放在耳边，线路清晰了就可以通话。如果线路不好，你不得不挂上，重新等待。

我和父亲一般选择周日晚上去给阿方索打长途电话，这个时段打电话的人少，邮局里比较清闲。我们让他给在伦敦的弟弟传递信息、报平安。由于阿方索居住在中立国，他与我弟弟联系更为方便。双方之间的谈话都讲德语，在邮局的其他斯洛伐克人就听不懂我们在谈论什么。

阿方索和我一直都是很好的朋友，战争结束后，我还经常去列支敦士登拜访他。列支敦士登是世界上最小的国家，它同圣马力诺、梵蒂冈、安道尔一样，有着"邮票王国"的美称。我喜欢那个地方，犹如人间仙境的小国里藏着有关魔法、国王、骑士的古老的民间传说。今天，尽管阿方索早已去世，我仍然同他的妻子和女儿有联系。

欧文·波斯特是一位居住在意大利米兰的德国籍邮商。他1943年应征入伍，与德军一起驻扎在摩拉维亚的布尔诺。布尔诺是捷克的第二大城市，自1641年起成为摩拉维亚的中心城市。他曾经给我写信让我寄几包食品，于是我就给他寄过许多次。他特别喜欢我寄的熏肉等食品（当时这些食品在我的家乡敞开供应）。战争结束后，我在意大利见到他，我们成为好朋友，在一起还做过多笔生意。

随着战事不断扩大，邮票被视为货币在各国流通。战争使人产生一种印象，投资邮票抵制通货膨胀。税收部门发现了其中的奥妙，就对邮商格外关注，提出收藏的品种只限于所居住的国家。为此，邮市也只能一分为二，一个是销售本国发行的邮票，另一个是销售国外发行的邮票，所以，得到外国邮票比较困难。

在此期间，我的一位同校的朋友，费堤兹·布鲁克，让我做他的中间商，联络其他城市我不认识的人进行邮票交易。我们以1000克朗的价格出售了一枚斯洛文尼亚加盖的四方连，那已超过一笔生意500克朗的法定限额，是不合法的。当然，我们从来不把那些规定奉若神明，但还是要格外小心，别让人抓住把柄。

不幸的事还是发生了。后来，费堤兹的朋友被抓了，我也被牵扯进去了。我们都被抓到布拉迪斯拉发的一所监狱里，那是一座在当时比较现代化的大型建筑。在我的牢房里，有一位已经因禁3年的保加利亚大学生，文文静静的他罪名是共产党政治嫌疑犯。他教我如何用一块石头和棉绳磨擦点燃香烟，他点燃香烟后，总是深深地吸上一口，立刻觉得神清气爽。我也学会了吸烟，用报纸卷制成，在无法安眠的夜晚，就吸上几口，安慰长夜的寂寞。

一天深夜，我们被带到楼下接受税务官员的传讯。他们都穿着皮大衣，看起来更像盖世太保。那时的邮商显然是不受他们喜欢的人群，因为，我们甚至没往当时的国库里交过一个子儿的税。

他们的来意很简单，就是调查我的钱是哪里来的？老实说当时我还有点紧张，但回答得十分干脆："不知道，我能告诉你的只是我的朋友从我这里购买了邮票。"

他们诈我说，知道我有一位非犹太人的女朋友，那在当时是违背种族法律的。我会因此被驱赶到集中营。我说："我对此毫不知情，我还没有女朋友。"这种审讯我经历过好多次，每一次审讯我说的都一样。

清晨，囚犯们都要出来放风一个小时。分组围着院子转圈，那里一共有40名犯人和几名卫兵。每次遇到另外一组的那位朋友，就对他喊："我们什么时候回家？""3天之内！"他回答。3天过后，我又问同样的问题，他又回答："4天之内！"3周后，当地的税务官员来到监狱，告诉我们，可以回家了。以后再也没有发生类似的事情，我又继续我的邮票生意。

到了1942年，犹太人被禁止做贸易，但是也有变通的办法。就是要以一个雅利安人的名义接管生意。我结识了一位叫玛丽·安金的奥地利金发太太，她近50岁的年龄，高高的个子、风姿绰约、心地善良。丰腴的她曾同一位斯洛伐克人结婚，婚姻破裂了之后，她在市内的鲁兹瓦7号开了个书店。

玛丽同意我"受雇"于她的书店，在她的书店里经营邮票。那时，能开一间小书店是一种奢望，无论是在市中心的角落还是偏远的居民区，一间摆满书籍的小书店，一位戴深度近视眼镜、学究味十足的男老板，或一位风韵犹存、热情开朗的女店主，加一条躺在书架下的狗或蜷卧在书堆上的一只猫，走进去会顿生平和喜乐之心，翻翻书聊聊天，喝杯咖啡，即使没有生意，也能为日后留下些许念想。

早晨，书店的木门在古典的吱呀声里打开，阳光便急匆匆地涌进去，温暖那些躺在书里的伟大灵魂。到现在我都不明白，同是书山书海，现代的大书店为什么总让人感到压抑，闻不到那个小书店的些许书香？

玛丽在书店的墙角处给我安置了一块地方，摆上一个桌子，身后放上一个文件柜和书架。我就以"集邮库克"的店名经营我的邮票生意。

经过玛丽的斡旋，我被特殊允许不佩带证明自己是犹太人身份的大卫黄色六角星章，让我在日益猖獗的趋犹的迫害中多少有些自由。

由于工作繁忙，我周六也要工作，父亲对此很不开心，因为我参加不了周六的犹太教安息日。犹太教根据《圣经·创世记》关于上帝在六日内创造天地万物，第七日休息的记载，定周六为安息日。教徒在那一天停止工作，礼拜上帝，他们在牧师主持下面色凝重地做祈祷，上帝在暗中静静地审视着教徒们的一举一动。

周六中午我就将邮票店的店门关了，然后到警察总部的3楼去见我那些集邮的警察朋友。不要小看那些警察，他们是真正的"犹太猎人"。他们早知道我是犹太人，可没有一个人出卖我。这事看似很难让人理解，又十分容易理解，因为他们确实是我的朋友。我还经常在警察局同他们一起打乒乓球。一天下午，我们打完了球，我的一位警察朋友阿诺斯特叫我当晚同他呆在一起，因为"我们晚上要去抓犹太人。"

战争结束后，他让我证明他对犹太人如何如何的好。我对他说："我可以证明当年你确实帮助过我，但我还会证明你把许多犹太人送到了集中营。"后来，他也就不让我去证明了。此后，我再也没有见过他，他消失得无影无踪。我知道，我们永远也不会再见了！

那时，我以假名马兰·斯德斯卡的名字生活，后来还叫过马绍尔·斯德科，缩写成"MS"。起那样的名字，是为了躲避纳粹追捕而置办的几件行头。其实，许多人都知道我的真实身份，我在邮票交易中仍然使用马克斯·斯托恩的名字。

我的一些邮票交易是通过一位高官进行的，他坐在一个挂有纳粹旗的小汽车里。当然，他有专职司机。此人叫费兰克，经常往返于荷兰和保加利亚之间，负责监督占领区工厂的生产。他帮我从荷兰购买邮票，但为了躲人耳目从来不到我的邮票店来，总是让他的司机过来。司机叫我出去，然后到汽车里见他。我们开着车瞎转悠，谈着邮票生意。他让我把所付的邮票款换成各种食品，那些食品在斯洛伐克有的是，而在德国非常短缺。

玛丽雇佣了一位当地的德国人作为书店的伙计，他叫曼弗雷德·希尔施。1940年至1944年期间他与我一起工作，是非常好的朋友。当我遇到什么麻烦或需要躲一躲的时候，他就帮助我。

1944年初，一场暴风雪扑天盖地洒满了街道，那是多年不见的大雪，蔚为壮观。天气突然骤降到零下20度以下，外边格外的冷，法西斯分子把犹太人从办公室、商店里撵出来，打扫街道上的积雪。我也在其中，曼弗雷德为我拍了一张扫雪的照片。那张照片我一直保留至今，我的第一本书就用它做了封面。

1942年初的一天，我在街上被一个德国人逮住，理由是我没有佩带犹太人身份的黄色的六角星章，我被他带到当地的警察局。当时我有一个伪造的身份证，证明我叫马绍尔·斯德科。值班的警察认识我，看着我的身份证明，故作惊诧："马克斯，不是你吧！"当抓我的德国人离开后，我和那位警察对视了一下，不禁喷笑出来。接着俩人一起喝了一瓶葡萄酒才回家。

几个月后，在一次夜查行动中，德国纳粹在我家里抓到了我，把我送到一个距离我居住的城市200公里的叫日利纳的中转劳动集中营。

当年5月的一天，我和一群囚犯被押送到开往奥斯威辛集中营的火车旁，我站在比较靠后的几排队伍里，四周有高高的杂草，我决定藏在草丛中，虽然有些冒险，但也没时间多加考虑。也许是天意，我躲在草丛里竟然没有被纳粹士兵发现。等到火车载着囚犯离开后，我快速地返回到中转营。

几天后，我们一小群囚犯早上被派到集中营外的一个地方干活，晚上干完活后再排着队回来。一天晚上，我趁人不注意就从队伍中溜了出来，跑到了一个火车站，登上了一列开往家乡的列车，我兜里没有钱，当然也就没有车票，好在没人注意我，我真是太幸运了。返回家乡后，玛丽又为我搞到一个假的身份证明，有了那个证明我又安全地生活了一段时间。

战争期间，政府需要外国货币，而邮票就是当时为数不多的可以用外币交易的货物之一。我经手的很多邮票都售给中立国，因此，手里有大量的外币进进出出。我的新的身份证保证了我在短期内不被驱逐，之后的几个月里，我的邮票生意便一发不可收拾了，我和玛丽都挣了许多钱。

1944年10月，一个阴霾满天的日子，那天是赎罪日。雨，悄无声息地落在市区的街头，打湿了每家门前的石阶，打湿了路上行人手中的雨伞。德国法西斯决定在当夜实行全城"清洗犹太人"行动，就是那一天，我也失去了我的"自由人"特权。

成千上万的犹太人在那天遭受驱逐，被抓到的犹太人立即被送到有"杀人工厂"之称的奥斯威辛集中营。我和几位年轻的犹太朋友跑到布拉迪斯拉发一个影院里躲藏起来，那是一个当地非常出名、非常漂亮的巴洛克艺术风格建筑，建于1912年。最终，我们还是被盖世太保抓住了。我和几位一同落难的犹太朋友走在黑暗的街道上，感到寒气袭人。

你要是问我相不相信命运，我想说我不信，可有些时候真是由不得不信。我多次逃脱过纳粹的抓捕，前几次还暗自庆幸过，可最终还是没能躲过纳粹编织的那张大网。

那种威胁到生命的事情在那段时间里经常发生，详细经过都在我的第一本书《我的邮票生涯》中尽有表述，这里就不多赘述了。我先后被遣送到纳粹德国腥风血雨所笼罩的两个集中营——萨克森豪森和利希腾施泰因。集中营的囚犯也分三六九等，有政治犯、有苏军战俘、有吉普赛人。当然，犹太人在最底层。

1945年4月21日，我们从集中营踏上了"死亡行军"之路。第二次世界大战到了1945年初，随着德军节节败退，前苏联红军与美英军队在德国中部会师的可能性变得越来越大。此时的希特勒已嗅到战败的气息，他下令将设在东西两线的纳粹集中营向德国内地迁移，以消灭虐待、屠杀犹太人的罪证。为此，位于前线的纳粹集中营的50万名囚犯被迫向德国内地迁移。

在希特勒的命令下，德国境内外一些集中营关押的囚犯，像羊群一样被赶上路。仓促间，集中营的看守甚至不给囚犯收拾行李的时间——尽管他们的个人物品少得可怜。许多人在集中营从事完繁重的劳动后便直接上路了。

那时行进在逃亡路上的，除了集中营的囚犯，还有躲避战祸的德国平民，以及从前线败退下来的纳粹士兵。一时间，德国境内尽是急急如丧家之犬的败退德军、神色慌张的德国平民和一群群穿着单薄黑白竖条纹囚服、面黄肌瘦的集中营囚犯。

在饥饿、寒冷、疾病和惊恐中，很多囚犯们心里并不清楚，自己踏上的是一条被称为"死亡行军"的不归路。前线接二连三传来的失利消息让德国纳粹感到前途渺茫，绝望的心情又催生了针对囚犯的杀戮。

在行军的路上，党卫军士兵们恶鹰似的眼睛看着谁，谁的脑袋里就会嗡嗡叫。于是，一幕幕令人发指的屠杀场景便在途中发生了。50万名被迫进行"死亡行军"的集中营囚犯，有25万名在迁移过程中死亡。今天，在囚犯当年走过的线路上，仍能不时掘出他们的遗骨。

我和囚犯们黯然地走在最长的行军队伍之中，总共有2.5万人，我不忍心形容他们的容貌——骨瘦如柴的身躯，机械般地挪动着脚步，僵白的脸，出窍的眼神。在行军路上最让人痛苦的事情是刚才还相互鼓励的难友转眼之间就生死两界。当时我们确实知道死亡就潜伏在我们周围，但谁也不会想到那么快。

在死亡行军的路上，很多囚犯们觉得，与其忍受着无法承受的痛苦捱日子，不如自己选择一条想去的路——死。对于我们来讲，死亡和囚犯臆想中的幸福世界没有什么不同，它们或许是同一个地方。任何一个身体特别虚弱、无法前行的囚犯，都可以走出队列，跪在路边，然后头上就会被纳粹党卫军士兵打上一枪，我多次亲眼目睹这最为恐怖的一幕。不用说我们那些身体极度虚弱的囚犯了，就是身体健康、毅力坚强的人，遇到那帮疯狂的魔鬼，也挡不住死神的脚步。

纳粹德国在战场上的失败已成定局，可囚犯们的灾难仍在继续。当囚犯们向北行进的时候，美军的飞机开始在囚犯队伍的头上盘旋，他们的目标是走在我们周围的德国纳粹士兵。不幸的是，一些囚犯被低空飞行的飞机上的机关枪击中。对于他们的死，我们活着的囚犯不是庆幸，而是"羡慕"，因为，他们可以解脱了。那时，囚犯们几乎彻底绝望了。

绝处经常有逢生相随，奇迹有时会在绝望时出现，那是历史和人生的规律。1945年5月9日，一天都下着小雨，在黑灯瞎火的路上，我们在德国境内一个叫奎兹特-梅克伦堡的地方被苏联红军解放了，我们自由了。

面对突然而来的自由，心中无限感慨，囚犯们当时追求的自由其实很简单，就是一个没有刀枪架于左右、没有灭顶之灾的自由。

盼望着，盼望着回到家乡，回家的脚步越走越急。经过长途、无休止疲劳的旅途后，我在1945年6月返回了家乡。回到家乡，放眼望去，一切让人有一种恍若隔世的感觉，生活的符号比比皆是，但已物是人非，过去的记忆和战前美好的生活已经成为永久的回忆了。

天色已晚，到处黑乎乎的，我直奔到原来的保姆多娜的家。在那里见到了我的两个妹妹——特鲁蒂和莉莉。她们先是被德国纳粹抓到奥斯威辛集中营，逃过死亡一劫后也踏上了死亡行军之路。疲惫不堪、身体极度孱弱使她们倒在路旁。

幸运的是一小时后，她们被赶到的苏军救起，才捡回两条性命。

从她们那里，我得到一个天大的噩耗：父母、两个小弟弟，还有奶奶、叔叔、姑姑们，在被抓到奥斯威辛集中营的当天就被德国纳粹的"齐克隆"毒气毒死了。听到那么多的亲人死于纳粹的魔爪，我悲痛欲绝，眼泪滑落下来，同妹妹们抱成一团一起痛哭。

那段时间，我一直在那恐怖的噩耗中挣扎，不由地想起了两个在英国生活的弟弟。多年来，两个弟弟的事一直是心里的芥蒂，一不留神，稍微一触及，思念弟弟的心情就会从我的心底泛起。

我急切地想见到在英国生活的两个弟弟，就安排在中立国瑞士的苏黎士相见，那是我和弟弟们生命中最重要的一次情感交流。我当面告诉他们，父母和全家在纳粹德国的大屠杀中所发生的一切，他们听后不免潸然泪下，泪水打湿了衣衫。

在那个病恹恹的夏日，我的大脑时常出现短暂的空白，时常在自家的院子里木然地坐着，任几只蚊子鱼肉，感慨岁月带给我的灾难。之后，闭上双目，便又看到那个场景，一个我在死亡行军中遇到的刻骨铭心的情景：一名囚犯头部被纳粹党卫军士兵击中后，还本能地向远方奔跑的身影，那个远方是一个充满恐惧的黑暗空间。很长一段时间，我总做类似的噩梦，一直持续了多年。

我知道，生活似乎很愿意对自暴自弃的态度顺水推舟。当人的意志趋于松弛时，那些属于人类的梦想也会随之松弛。我对自己说，不能放弃，如果你灰心，等于你不敢睁开双眼。我一向不愿在命运前低头，坚信意志力能排除一切舛厄。我相信只要有坚强的意志，生活自然会好起来。为了新的生活，我需要找到一种激情，那是一个原点，一切皆从那个点引发之后自然延伸。

后来，在大屠杀纪念日的纪念活动中，我经常应邀讲述大屠杀的那段经历，听众有普通市民，也有学生。我赞同那句话，每个人都有悲伤，只是太多人无处倾诉。而我，非常庆幸，有很多倾诉的时光和对象。人，到底还是需要寻找一个出口，适时倾诉，释放那些不堪回首的往事。

我回到了原来的书店，可是玛丽已经将它关掉了，里面的书籍也无影无踪。可以想象，那些书都是德文的，也许被人销毁了。第二次世界大战初期，玛丽在我逃避德国纳粹驱赶中扮演了重要的角色，她对犹太人的同情和帮助救了我的命。我知道，她对我不希求任何的报答。

玛丽对我的帮助让我终身难忘，她向我展现了人类的普世价值观——善与爱。在那个血雨腥风的年代，她对我的关爱，充分体现了她人性的善良。可是，从我回来以后，虽然多方寻找，却未找到她。后来才得知，1947年，她回到了奥地利的萨尔茨堡，那是她的出生方。1965年，她在家乡猝然辞世。

在萨克森豪森集中营时，我有一位好朋友叫奥斯卡·席勒。在死亡行军的最后几公里，我实在坚持不住了，想走出队伍，让纳粹党卫军士兵结果我的性命。看到那个情景，奥斯卡用胳膊架住我，鼓励我再坚持一下，他对我说："你一定要活下去！"他的话虽然有气无力，但无比坚定，足以照亮黯淡的路途。我挣扎着前行，是他的那句话救了我的命。没有那句话，上天又多了一个冤魂，人间又少了一个犹太教徒。

恩大莫过于救命！后来，我同奥斯卡的友谊持续了近60年。

苏军本想把解放了的囚犯集中起来一起送回捷克斯洛伐克，但由于一些囚犯身患重病需要在当地治疗，我和奥斯卡选择了自己回来。我们坐着一辆从德军缴获的马车上路了。可是没走多远，马车就被其他苏军征用了，我们只能步行。当我们路经一些小镇的银行时，发现银行早已被人光顾过了，掠走了里面的金银币。但是，成堆的纸币被扔在地上没人要，那一切太匪夷所思了。

一天，我们经过一个镇子，又看见一家银行的窗户被打破了，门户大开。我们决定走近了仔细看看，结果看到面值千元的德国马克扔得满地都是。那时，很多人都认为德国战败了，德国马克不会有价值了，但我想也许那些马克在捷克可以派上用场，我把所有千元面值的马克归拢到一起，动作从容地揣进口袋里。

现在回想起来，在我迈入邮票经营的大门时，做对了一件事，一件至关重要、影响我一生的事，就是我无意捡到了那些德国马克。

我要验证一下那些德国马克是否还有价值。于是，我去了布拉格。布拉格的国家银行外的一条街上有个自由兑换外币的市场，市场上交换者摩肩擦踵。其中，有许多苏联的军官在那里倒换外币。我进去后同一位拎着一整箱子匈牙利钱币的苏联军官不期而遇，我们互相看了看对方的箱子，都觉得对方的钱太多了，数起来费时、费力。他建议用一种简单的方式，就是换包，他用俄语说了一个词，听明白了，那就是"瞎换"。听到对方的建议让自己老半天回不过神儿来，思虑再三，也没有其他办法。其实双方的心态都不在乎谁赚了、谁亏了，能换出去足矣！

下面的问题是如何花掉换回来的钱，别无选择，只能到匈牙利去花。1945年5月4日，就在战争结束的前几天，匈牙利邮政在发行的邮票上加印了几个字——"解放1945"，紫色字体，共有26种面值。我听说那套邮票货源非常稀少，就想尽可能多地搞到它。

我乘坐火车来到布达佩斯，那是一次冒险的旅行。在火车上，我听了很多旅客的抱怨，说在刚刚解放的匈牙利土地上，以解放者自居的苏军部队纪律很差。那时的火车不正点，一般都是乘苏军的运输车。如若有人敢同他们一起出行，就有可能被抢。他们抢手表、抢折叠刀，当然更关注钱。我下了火车后，就把自己带的钱全部藏在包底下，用一个吊带拎着，倒是没有引起苏联人的注意。

我是第一次到匈牙利，好久不讲当地的语言了，不知本次布达佩斯之行会有什么样的收获。著名的蓝色多瑙河从西北蜿蜒流向东南再款款流向远方，漭洄的河水滋润着欧洲这一方沃土。不过此时的布达佩斯刚刚解放，百废待兴，城市里很少见到小汽车，只能见到几辆爬行的公交车。

我有一个咖啡馆的联络地址，匈牙利的邮商们见面谈生意的地方，不过当时也没有什么生意可做。我拎着包走在大街上，两边的建筑都被战争摧毁了。此时，我注意到一块黑板上醒目地用粉笔标注着一个白色箭头指向一个院子，还有一个牌子上面写着"胡赛尔和瑞沃德邮票店"。

我走进那所院子，墙体看上去斑驳陆离，墙上卑微的植物爬山虎显示着生命的顽强与抗争。院子的前门脸已被炸毁，也许是停电了，一个小房间里亮着煤油灯。进去之后，也没怎么寒暄，我对端坐着的两个人中的一位说道："我要买'匈牙利解放加盖'邮票！"其中一人自称叫保罗·胡赛尔，他不屑一顾地回答，"噢，它们十分稀罕！"另一位男士是阿里克斯·瑞沃德。胡赛尔打开保险箱，从里面拿出4套邮票。我看了他们一眼说："4套不够，我要500套"。他告诉我，它们的价格非常非常的昂贵，还问我怎样付钱。我把我的包打开让他们看了看里面的钱，两个人顿时惊呆了。马上说："我们马上到邮市上去给你找。"于是，他们很快找到我所需要的邮票。

1945年"匈牙利解放"加盖邮票

我拿到了邮票后，先要返回布拉迪斯拉发，然后再去布拉格。当时的火车还不正常，只能到苏军的一个检查站碰碰搭车的运气，我知道军车一般都在那里进进出出。成百上千辆军车在此集结向解放区运送着物资，我就在那里等着，试图搭乘一辆去布拉迪斯拉发的军车。

我站在苏军检查站旁等候，手里拿着装有邮票的包，边等边喊："哪辆车去布拉迪斯拉发？哪辆车去布拉迪斯拉发？"其实，我没注意到此地还有很多人在那里等候搭车。时间不长，一位军官指了指一队军车，大约有十几辆，示意我可以上去。我给了那个当官的一瓶威士忌，一块并不值钱的镀金手表，然后爬进上车厢。

大约在清晨一两点钟，缓慢行驶的车队来到一个叫基特逊的检查站，那是位于奥地利的小镇，属于三角地带，分别通往捷克、奥地利和匈牙利。车队还没到达目的地，麻烦就接踵而至。在那个检查站，车队停了下来，我贿赂过的那位当官的命令我从车上下来。他告诉我车队接到上峰的指令了，不去布拉迪斯拉发了，改去维也纳了。他们要和我分道扬镳，我非常着急，请求他说："半夜三更

16

地把我扔在无人区，让我怎么办？你们不能把我搁在这里！"接着，那位军官让我再"意思"一下，我也无奈，忘了又给了他点什么东西。也许是那点"意思"起了作用，他同意整个车队先到布拉迪斯拉发，然后再去维也纳。我转悲为喜，雀跃上车。

第二天一大早，我就乘第一班火车去了布拉格，找到了那个位于大咖啡厅里的邮票交易市场。邮商们租的台球桌上面摆满了各种邮票供人购买。我在第一天就把我所带的邮票售光了，紧接着我就考虑再去一趟布达佩斯。

尽管业务起步时我是一个年轻的收藏者，环境逼着我成为一个邮商。在当时，自己也没有有意识地为今后的业务发展保存一些邮票。假如你是一个邮商，你就会卖掉你得到的所有邮票。我没有建立自己的库存，因为，我要靠出售邮票的收入养活自己，养活布拉迪斯拉发的妹妹和在英国的弟弟。

战争结束使得人们对占领国邮票的需求大幅度提升，随着通货膨胀的加剧，邮票就更加火爆。当时，许多国家的货币经常有波动，那种货币上的波动正好帮助邮商在邮市里买进卖出，然后及时兑换成升值的货币。

同匈牙利一样，奥地利也发行了好多特种邮票、加字邮票，我家乡的邮商都迫切地想得到它们。德国发行的印有希特勒头像的邮票奥地利也发行过，他们在上面加上"奥地利"字样。我同奥地利邮政做了许多生意，那些邮票现在还很流行，但没有太高的商业价值。直到今天，人们经常可以在邮市上见到它们。

战后欧洲的邮政体系恢复得极快，邮票从维也纳寄往世界各地。阿方索·克劳门回到了列支敦士登的瓦杜兹生活，他成为我票源的重要提供商。我们把邮票从捷克寄到瑞士，在那里那些邮票又分散到美国。因为，战后有规定，在捷克寄邮票有数量限制。

购买匈牙利邮票在战后我的邮票生意中具有重大意义，在生意中我也有很大的赢利。在那个小黑屋里见到的邮商保罗·胡赛尔帮助我确立了专业邮商的地位，这地位一直持续了60年。

我第一次见到胡赛尔时，他告诉我，他和他的合作伙伴，就是站在他身旁的邮商——阿里克斯在战争期间都生活在布达佩斯，两人均在战争中幸免于难。胡赛尔的妻子叫罗茨，那时还是他的未婚妻，被驱赶到奥斯威辛集中营，后来她活了下来。不过罗茨是她全家在战争中唯一的幸存者，家庭中其他成员都在那场杀戮中丧生。

瑞典的红十字会帮助胡赛尔找到了他的女朋友，红十会在集中营解放后接收了她。由于在集中营中遭受纳粹的折磨，她当时的病十分严重，正在瑞典医院接受治疗。我告诉胡赛尔，我和她的未婚妻有着被抓到集中营相同的经历。

由于这些经历，我和胡赛尔的业务关系更加密切，用肝胆相照、同甘共苦来形容一点也不为过。战后初期，匈牙利和瑞典之间尚没有通信往来，胡赛尔和在瑞典治病的未婚妻之间的通信联系就十分困难。我成为他们之间的穿线人，胡赛尔把情书寄到布拉迪斯拉发，再由我寄到瑞典；他未婚妻的情书从瑞典寄给我，我再寄到布达佩斯。在那战火刚熄的年代，对热恋的情人来讲，能收到对方的情书是多么美妙的一件事呀！跟他们满心期待的一样，情思情话映入眼帘，巴掌大的信纸捧在手里，体会的是一分情意绵绵的心情！

写情书的记忆，是许多人对年轻时最为浪漫的回忆。通信业高度发展的今天，让这种记忆越来越难以复制。再看看现在的年轻人在电子邮件上写的情书，一定会少了那份挑拣信纸、铺展信纸时的浪漫与俏皮。为此，我要呼吁不能忘了书信，希望人们，至少是一部分人还能回到真正的鸿雁传书的年代，让人们重新拿起笔，去悉心体会写信的意境与乐趣。面对着需要亲情、需要关爱的年代，我的这种呼唤有作用吗？

他俩的恋情说来话长，那就长话短说。后来，罗茨完全康复了，返回布达佩斯，两人马上结了婚，婚后两人都在匈牙利邮政的集邮部门工作。

胡赛尔后来成为匈牙利邮政集邮公司的经理，他聪明却低调，智慧却毫不张扬。在接下来的50年中，我和他成交了大批的邮票贸易。我们之间的生意一直持续到1956年，那一年他们夫妇离开了匈牙利，先是到了奥地利，因为他有一个兄弟在悉尼定居，他们又辗转来到悉尼生活。

不久，我和胡赛尔在悉尼共同注册了一个邮票公司，取名H&S 邮票有限公司（用我们两人姓氏的第一个字母）。胡赛尔于1980年去世，生意由她的遗孀罗茨继续经营。2009年8月，鉴于罗茨已经94岁高龄，并搬到养老院生活，我们合作的公司才注销。

03

战后在欧洲的邮票交易

1945年末，我的大妹妹特鲁蒂决定移民巴勒斯坦，她和一些刚刚被解放了的犹太男女们一起来到奥地利境内一个叫林茨的中转集中营然后再逃往巴勒斯坦，但那一行动违反了英国人的规定。那种非法移民活动被希伯来语形容为："逃离"或"逃脱"，是由犹太旅团和林茨的地下组织精心策划的。

我到林茨去看妹妹，林茨是一座古城，悠久的历史是一笔财富，同时也是负担，战争的破坏压得那个城市气喘吁吁。战争期间留下的那个营地很显眼，但进不去，我就从营地围栏底下爬了进去看看妹妹。

在林茨，我遇见了两位专业邮票商人——亨利和朱里斯·斯特鲁，两人是亲兄弟，都是驻扎在当地的美国军官。他们出生在拉脱维亚，战前移居美国。同两兄弟的邂逅成为我们持续多年合作关系的开始。斯特鲁兄弟后来成为世界上最为著名的邮票批发商。他们从世界上著名的集邮家手中购买全部或一部分藏品，其中包括埃及国王法鲁克、富兰克林·罗斯福总统、弗朗西斯·斯佩尔曼红衣主教以及罗马尼亚国王卡罗尔二世的藏品。英国女王伊丽莎白拥有的皇家邮集中最为珍贵的部分就有许多他们的藏品。朱里斯·斯特鲁的儿子叫乔治，他后来也成为纽约的一个邮商。

1946年4月，我得到了在家乡独立经营邮票的许可，同我家忠诚的保姆多娜、妹妹莉莉生活在一起。为了生意，我要经常在我的家乡、瓦杜兹、维也纳和布达佩斯之间穿梭。战争期间，我还与另外一个邮商普鲁哈斯卡建立了友谊。战争结束后，我们经常一起去匈牙利和奥地利购买或销售邮票，在邮票经营中致富。他后来定居在多伦多。

我雇用了一个会计叫伊斯特·斯坦克，也是一位从奥斯威辛集中营逃出来的幸存者，可惜的是他没有集邮的经历。尽管当时我没有找到一种合适的货币在欧洲各国进行邮票交易，但我的生意似乎还不错，还买了一辆小汽车。

此后，我就经常开着它穿越边境到维也纳购买邮票，那时受欢迎的货币是美元，要偷带到捷克境内。惯用的办法是把美元卷成卷放在烟灰缸里，上面撒上烟灰，还有一个办法是放到汽车后背箱的备胎里。

我遇到的另一个问题是捷克无法兑换美元，我到邮市购买邮票需要大量的美元，可那里的银行都不办理此项业务。

当时著名捷克国家队的冰球运动员叫阿方索·德白尼（他的叔叔既宅心仁厚又顾念友情，战争期间曾经帮助过我和许多犹太朋友躲避纳粹的追捕）。他是一位天才的运动员，1948年夏天，他的运动项目转移到了网球场上，很快成为了网坛的一匹黑马。1952年，他闯进了温网决赛，并最终在1954年捧起了温网的冠军奖杯，因此成为整个国家的英雄和偶像。此外，他还是首位问鼎温网的左手执拍选手。

一次，德白尼利用外出比赛，帮我从瑞士一位邮商处带回1万美元，没想到在海关意外遇到了搜查，他携带的美元被发现了。钱被没收了，事后我没能要回来。在此之前，我的两大箱子邮票被匈牙利海关查获，那是我在战后邮票交易中另外一笔损失。

有时，我痛定思痛地想，当初如果不让他捎带美元就好了。不过，"如果"一词，永远是遗憾的后悔药。

随着我的邮识不断增加，我逐渐了解到有许多集中营的囚犯写给家里的信，以及他们家庭写给囚犯的信十分有收藏价值。那些信件可以成为集邮收藏的一个新领域。犹太囚犯只有很少的机会允许给他们的家庭写信，并且基本都是在战争初期。当然，我也知道，一些集中营直到1944年中期还允许囚犯往外寄信。

特殊时期的家书是多么的珍贵呀！对世界上任何一个人来说，都是难以替代的享受和期盼。尤其是身陷囹圄的亲人，天各一方，书信沟通就是他们唯一的选择。

看看现在，随着人类文明的发展，情感世界愈益丰富了，而人们表达感情的方式却愈益简单了。家书很少有人写了，迅捷的电话消弥了翘首以盼的期待；随时的网上聊天，取代了斟词酌句的殚思；千篇一律的短信，似乎能把365天的情思，千差万别的感受，都用几句话诉之。面对通信技术的普及，过去能收到远方来信，却是亲人们近乎奢侈的梦想。

在收藏中，来自奥斯威辛、布痕瓦尔德、毛特豪森和达豪等集中营的信件常能见到，因为那些集中营关押着大量的囚犯。但是，我也发现有一些从很小的集中营中寄出来的信，其中一些不超过20人集中营的"特殊"囚犯，那些被关押的人通常是工作在特殊领域里的科学家，他们被允许与外面的非犹太家庭通信。

有些信来自鲜为人知的集中营，如韦尔登（只有8位男性囚犯）、诺伊施塔特·荷尔斯泰因（只有15位男性囚犯）、韦尔森和布莱克尼姆（各有8位囚犯），来自那些地方的信封，在邮市上价值数百甚至上千美元。塞森施泰特集中营，那个被纳粹德国向国际社会，特别是向国际红十字会标榜的所谓对待犹太囚犯非常好的集中营，有自己独特的包裹邮票。使用那种邮票，囚犯的家属允许每月寄一件包裹到集中营。邮票是免费发放给囚犯的，由囚犯们寄给自己的家人。它没有面值，图案是田园风光，里面有树、小山和崎岖的小河。上面仅有的字就是"塞森施泰特"，那枚绿色的邮票现在的价值大约350澳元。

不知是景色给了设计者灵感，还是设计者的创作赋予了那湖光山色灵魂，那树、那河、那山、那云，还有那些不死的犹太人的灵魂恐怕早已同邮票不可分割了。

美国收藏者购买战争期间德国占领过的一些国家的邮票，邮商们来到布拉迪斯拉发邮市大量购买那种邮票使得邮市十分火爆。大笔资金随着购买活动涌入邮市，我当然也赚了很多钱。

"塞森施泰特集中营"邮票

几位美国邮商来到我的家乡，其中库尔特·威斯勃特是当时美国邮商协会的会长。我们见面时，我就对他说："我要加入邮商协会，我是一名有用的会员。"1946年5月，他把我的名字放到了美国邮商协会的名单之中，那是我在集邮组织中第一次取得会员资格。一年后我在美国又见到了库尔特，这是后话。我是第二次世界大战后加入美国邮商协会的第一位欧洲会员，65年后我是那个协会的终生会员。

04

第一次踏上纽约

1947年5月，战后的第一届国际邮展在纽约举行，我想去参观。不过，那时捷克人获得赴美的签证几乎是不可能的。有成百上千的难民想去美国，捷克赴美的签证要等20年。当时，签证只批准给那些有良好信誉到美国经商的人。

我详细填好了所有的申请表格，还好及时收到了让我到布拉格美国大使馆面谈的信函。我也不知道结果会怎样，一位美国使馆的签证官从屋里出来让我去他的办公室。我屁股刚刚沾到椅子，他就发问："美国为多少个独立的州发行过邮票？"我脱口而出："13个。"签证官立刻说："你得到签证了。"有时我无不感慨，正是由于我掌握了足够的邮识才有了那次和纽约邂逅的机会。

另外一个问题是如何去美国，飞往美国几乎是不可能的，在欧洲港口停泊的船只正忙着运送美国撤回去的士兵。最后，我设法从瑞典哥德堡驶出的"格林肖穆号"轮船上找到了一个舱位，那艘船运送士兵，也搭载了捷克的许多战争新娘赴美。第二次世界大战期间，许多美国士兵娶了当地的捷克女子为妻，战后那些战争新娘随丈夫回到美国。

美国海关对邮票一点没有兴趣，我随身携带了一大箱子邮票，一句英语都不会讲。我的签证担保人帕克先生，是纽约拿骚街上一家邮票店的老板。他是在战争爆发前从捷克逃往美国的，我从没见过他。多亏了他的担保，我才能得到签证，并允许我在美国从事商务活动。

我是第一次踏上美洲大陆。纽约是当时当之无愧的世界上最大的城市，艳冠群伦。那里汇集了世界各国的精英，当然也包括邮票的经营人才。纽约拥有世界上独特的、最引人入胜、令人心潮澎湃、激情四射的街景，可我没有心思去看。我知道我必须到拿骚街，那是当时世界邮票销售的中心。战前，奥地利、德国是邮票销售中心，可当时它们不是了，因为许多欧洲邮商都逃到美国了。最著名的销售地点是拿骚街66号，矗立着鳞次栉比的邮票店，是一个邮商云集之所。

我是战后赴美国的第一位欧洲邮商，每个人都想购买我带来的存货，很快我带来的货品销售一空。尽管我不会讲英语，可我发现交流并不难。因为，我懂德语，一些邮商是德国难民，一些美国邮商在战争中也学了一些德语。

在拿骚街66号我结识了一位印度邮商，他的名字叫迪亚斯。他的儿子布瑞·迪亚斯住在佛罗里达，是美国邮商协会会员，现在是我的一个重要客户。

1940年5月，就在德国人占领比利时前，比利时著名邮商坦克尔通过他的一位朋友寄给我一批珍贵的邮票到我的家乡让我为他保存。然后，他就逃往美国，在拿骚街开了一家邮票店。后来，我将那些邮票寄回他指定的一个中立国的地址，他安全地收到了那些邮票。我在拿骚街第一次见到他，他对我当初替他保存邮票千恩万谢。他真诚地对我说，在美国有什么难处尽管找他。听到那番话，一缕温暖就缓缓地蔓延过来。

介绍我加入美国邮商协会的库尔特到展场看我，然后我们就建立了业务联系，我们之间的友谊持续了很长时间。1935年，他在德国法兰克福遭受德国党卫军的残酷迫害，库尔特幸运地逃出德国，与妻子在意大利集合后跑到法国南部避难，不久又与妻子失散。在法国马赛，他一天被逮住5次，但还是逃脱了死神。

同妻子再一次团聚后，他们冒死穿越比利牛斯山脉最后平安到达葡萄牙。在尼斯他遇到一位捷克老乡，老乡见老乡，除了互诉衷肠外，老乡还借给他一些钱让他逃到了美国。到达美国后，夫妇二人只能干一些收入很低的活，库尔特在拿骚街上的一个皮革厂工作。

库尔特的妹夫在巴西圣保罗给他写了一封信，信中提到他认识的一位巴西邮商想在美国寻找一位代理商。几周后，一个大雪茄箱装着巴西邮票寄到他们手中，他的妻子朱迪不知如何销售，丈夫建议她到拿骚街去卖，就那样他们开始了邮票生意。

确实，玉不琢不成器。库尔特经过多年的磨炼，成为战后世界上最为重要的邮票批发商，他总是购买大批邮票又转手卖掉。他还同东欧一些社会主义国家建立密切的业务关系，最为漂亮的一件事是他参观过前苏联的拜科努尔航天中心。1957年10月4日，前苏联在那里成功地发射了地球卫星。

他是世界上唯一一位说服前苏联政府将少量的邮资信封放到发射舱登上月球的人，那些邮资封在太空中加盖邮戳，最后以10万美元一枚出售。

20世纪40年代的纽约拿骚街

美国之行让我听到了太多的拿骚街的新闻，看到了太多的邮商，我异常兴奋，久没谋面、久别重逢的场面很自然地将我的情绪渲染到极致，参观国际邮展已经变为其次了。

毋庸置疑，美国之行使我亲睹世界大牌邮票经销商的风采，耳濡目染那些当地集邮界名流和国际邮商精英的风范，了解了他们常人所难及的见识和气度。

当年，在邮票展览上集邮者关注的是邮票的展示，并不关心邮票的交易。

今天，在纽约拿骚街66号，人们再也见不到一家邮票店，也见不到一位邮商了。多么大的变化呀！

05

布拉迪斯拉发的新生活

我在美国待了10天，太多的邮票生意缠住了我的脚步，寸步没离开过纽约。越来越舍不得归去，但那里终究不是我的家，何况我不能不着急。因为临去美国前，我刚刚结识了我的女友夏娃·罗森塔尔。恣意增长的情愫没有因为时空与地域的遥远而熄灭，反倒更加蓬勃起来。展览结束后，我立即回国。

我们是在一次周末的舞会上相识的。当时我的桌子对面一位漂亮的姑娘引起了我的注意，她的美丽端庄，雍容娴静令我心仪。她入座之后，男士们都有些拘谨，是一位在座朋友的介绍打开了僵局，介绍说她是夏娃，那是我第一次听到她的名字。

方才还谈笑风生的我，一下子腼腆起来。夏娃注意到我的眼光，使我一生难忘：好感、探询、欣赏都在里面。我相信，从看到夏娃的第一分钟起，我便深深地爱上了她。

夏娃的父母、兄妹也都是第二次世界大战期间在奥斯威辛集中营被德国纳粹的毒气毒死的。她因为躲藏到乡下，才得免屠戮之灾，她全家中只剩下她一人。我们同病相怜，在爱的路上相互拥有，别无它求。生意和爱情有时奇妙地相依相伴，从美国回去后的几个月，我们就订婚了。

我在家乡买了一处被炮弹炸过的店面，它就在监狱的对面，战争期间我曾经在那里被关押近两周，吸烟就是在那学会的。没有得到许可，我还是按照原貌修葺一新，但要在那里开业，还需要一纸营业执照，而营业执照是不发给单身人士的，还得有结婚证明，所以我们必须先办理结婚手续。

夏娃和我商量举办结婚仪式的日期，选日不如撞日，1948年3月2日，是我27岁生日。在这一天我不仅办了婚礼仪式，还在我开业前得到了执照。我们的宗教结婚典礼定在4月18日在家乡的犹太教堂里举行，也就是逾越节的前一周。那一天一共有25对新婚夫妇一起参加了仪式，我们交换婚戒，在众人面前宣誓，新婚燕尔的我们搬进了新装修的温馨小屋。有了温馨，生活便多了一分色彩！

婚后，我和妻子没有偏安于花前月下、良辰美景的小情调之中；也没有心情到郊外欣赏旖旎动人的田园风光，我们在思考着自己的人生该如何走。

我们俩都刚从德国纳粹排犹、反犹中逃生出来，两人的家庭都有许多亲人死于德国纳粹的魔爪。虽然，我们从纳粹的统治下被解放出来了，可那里的政治斗争并没有结束。就在我们结婚前后，捷克爆发了现代史上的所谓"二月革命"。我们看到了明媚的阳光，却也发现阳光后面的阴影。我和妻子一想到要在那种充满不确定、威胁，加之动辄"政治迫害"的环境下开始新的生活，心里就会顿生酸楚。

环境的恶劣逼迫我们考虑移民。首先，英国和美国不在我们移民考虑的范围内，因为英国不接受东欧国家的移民，移民到美国也不可能，签证就等不起。我们也到阿根廷大使馆尝试着联络乌拉圭，巴拉圭的总领事答应为我们帮忙，但后来没有成功。我们也考虑去阿根廷，但也很不容易，很多国家不欢迎我们。

我的朋友哈勃特·拉曼住在维也纳，他父亲在我的家乡有生意，通过那层关系，他认识了我的表姐埃瑞卡，他们在战争期间结了婚，我们成了亲戚。

1947年，他通过他妹妹的关系去了墨尔本，他的妹妹是战前移居到墨尔本的。哈勃特了解我在经营邮票方面有特长，我移民到澳大利亚，对他、对那个国家都不是负担，他建议并担保我移民澳大利亚。

巧的是我们当时到处碰壁，实在是没有更多的地方选择，当时也考虑到澳大利亚了。我同他们及时取得了联系，双方一拍即合。哈勃特积极推动了我们的移民程序，几个月后所有的手续办成了。我希望我们能合法地离开，在我出示的所有文件证明中有一份免除我服兵役的证明，那样就可以通过正当渠道出去了。

06

离开捷克斯洛伐克

尽管我们在紧锣密鼓地安排着移民，我的邮票店还正常开着。一天，一位女士进来见我，她的丈夫过去是法西斯斯洛伐克军队的一个高级军官，战争期间他负责斯洛伐克邮票的发行工作，通过邮票的发行为受伤的士兵募集资金。那些邮票印刷的数量不多，因此，一般的集邮者很难得到，在他的帮助下我每次都能得到许多邮票。可以说，在战争期间我最困难的时候，他给我帮过大忙。战争结束前，他同残存的法西斯洛伐克军队逃到了意大利，不久就被抓到了，遣送回来，等待他们的是审判。

女士对我说，她的丈夫被捕已经几个月了，想找我帮忙，获得探视的权利。也就是说，她想在审判前见见丈夫。我愿意帮忙，我知道负责调查战争罪犯的国家检察官是我的朋友米绍·格欧，我们过去都是利希腾施泰因和萨克森豪森集中营的囚犯，互相十分了解。

我马上去见米绍，请他提供帮助。没想到他变了，在集中营时，他儒弱沉默，任人践踏；大权在握后，他目空一切，不讲情面。他斜睨着眼睛对我说："马克斯，你太不靠谱了，你要庇护的那个家伙就是战争罪犯。如果你不马上消失，我就把你抓进监狱！"

听后，我十分震惊，昨日还是集中营的难友，今天就翻脸不认人。回家后我告诉夏娃："这就是我所谓的朋友！"妻子回应我："并不是所有的朋友都能患难见真情！"真是精辟剔透、入木三分的分析。

在战争期间，我同密探霍赫拉非常要好。当初，他曾在捷克在开罗的流亡政府工作。霍赫拉知道我为了邮票生意经常外出，神秘兮兮地问我能否在外出时帮助搞些"信息"。我只当那是一种好玩，也就答应了。他给了我一个代号——"布拉迪斯拉发318"，还发了我一把手枪。

每次我去维也纳或者布达佩斯，我都要给边防卫兵打一个电话，通知他们我过关的准确时间。我的代号保证我能自由自在地通关，不用接受海关及边防检查。自然，我也会利用便利把我买到的邮票捎带进来。从方便邮票进出口的角度来说，没有比参加情报机关更有优势的职业了。

霍赫拉之所以选择我从事那项工作，原因是看重了我的好奇心。他十分矫情地说："西方的一句谚语说得不对，好奇并不一定会害死猫，好奇是创造情报的源泉嘛！"

好奇并没有让我为他们提供太多的情报，相反，我提供的情报非常之少，也非常随意，随意到信手拈来。比如，在我经过的路上见到过多少辆坦克，苏联人在布达佩斯和维也纳附近有多少维修车间。在我看来，我提供的那些情报根本都没什么用。

那段时间，我的邮票生意，特别是在维也纳的生意越来越红火，引起了一些邮商的嫉妒。他们向奥地利海关报告，说我经常购买价格不菲的珍贵邮票，然后穿越边境将邮票走私到布拉迪斯拉发。

有一次我自己驾车外出穿越边境，公文包里装着我买的价值很高的邮票和信封。一位奥地利海关官员把我拦住，对我说，有证据证明我在走私珍贵邮票。他们要检查我的汽车备用轮胎，我没有异议。我知道备胎里没藏任何东西，我早把一些珍贵的信封混在一摞信中，对此，他们只是粗略地翻一翻。

捷克军队情报部门分为两个组，一组是由从苏联撤回来的军官控制，另外一组由英国人控制。为盟军作战的捷克士兵曾经在北非作战，后来他们经过法国的瑟堡撤回国内，我所在的情报部门就由那支部队领导。我上面的头儿工作在布拉格，由于年代已久，他的名字我实在记不起来了，不过我知道他原来的部队是在埃及的托布鲁克。

家里和外人没人知道我从事情报工作，可我在瑞士的叔叔索罗门除外。那是我告诉叔叔的，因为家里至少有一个人应该知道那件事。我隐约感觉我的妻子也许知道，但我们从没有谈过此事。

我的另外一个朋友是斯特芬·利希，战后他担任布拉迪斯拉发海关税收部门的头，是一位集邮者，经常光顾我的邮票店。他常带给我他们从走私者手里没收的美国香烟。

一次，我去布达佩斯，经过边防检查站时，心无旁骛、放心大胆地通过。没想到，真的没想到遇上了一位办事认真死板的老边防，他对我车里的手枪和钱产生了疑问，被他在那儿嘟嘟囔囔地折腾了半个小时，最后放我走了，可扣留了手枪和钱。

回家以后，我同布拉格总部的联系人通了电话，告诉他们所发生的一切。翌日，斯特芬来到我的邮票店，告诉我他在布拉格的上级通知他务必将手枪和钱归还给我。他对那个命令感到十分蹊跷，觉得我除了邮票生意外，还从事其他工作。拗不过他的一再追问，只能向他吐露实情。

斯特芬是一个对工作和生活极为认真又对现实生活极度失望的人，他试图改变而又不得其所，因而常与他的领导意见相悖。

不久，他告诉我，他的办公桌上放了一张入党的申请表，可是他对入党又十分犹豫，认为不符合他的信仰。为此，他内心十分纠结。我劝他说："如果入党可以保留这份重要的工作，你就入，那样你就能够帮助大家。"他那样做了，一直工作在海关税收的岗位上，直到1970年去世。我每次去欧洲，总能见到他的女儿，他是唯一了解我离开自己的国家意图的人。

夏娃和我都有护照，我们决定尽快地离开。一天，我回到家对妻子说："我已经决定了，今晚就走。"为了不暴露行踪，我们乘火车先往东走，先买了一张去布达佩斯的车票。两人一人拎一个包，里面装上睡衣和洗漱用具。我兜里还有20瑞士法郎，一上火车我就将钱藏在厕所里，那时身上藏有外币是一件危险的事情。当海关关员到车厢检查时，他们看了我们的护照并询问我们去哪里，我回答："我们刚刚结婚，去匈牙利度蜜月。"

到达布达佩斯火车站后，趁着夜色，我们跳上另外一个站台，换上了一趟去维也纳的列车。在那里又乘车到了瑞士的苏黎世，苏黎世有我可以信赖的生意伙伴。

我们有瑞士的过境签证，只允许我们在那逗留48小时。瑞士是过去我经常光顾的国家，大都是为了邮票生意，给我留下了很深的印象。手表、军刀、巧克力是瑞士的三大法宝，为瑞士创造了无尽的财富。

苏黎世不仅是一个金融重镇，还是一个花园城市，长长的有轨电车和老街旧店动静交错，在街后的延伸处，新建筑以暗淡低调的外表向古朴的中世纪老巷靠拢，可惜当时我们没心情欣赏它。

当我和妻子在那里滞留到第三天时，移民官一大早就来敲我们旅馆房门，他们检查了我们的护照。由于我们已经超过了在瑞士的逗留期限，他们要求我们在24小时内离开那个国家。可是，我们无处可去，澳大利亚的入境签证还没有到。

我认识齐勃瑞博士，他是一位监察官，我和他相识已久，战争期间他在捷克的流亡政府工作，住在开罗，也是一位邮票收藏者。他当时就住在瑞士的伯尔尼，为瑞士政府做事，负责辨别捷克难民的真假。幸运的是他就我们滞留的事与瑞士政府进行了交涉。24小时后，有人通知我们，可以继续待在瑞士，直到我们接到赴澳大利亚的入境手续。

在苏黎世，我还见到了我的老朋友阿方索，1946年我第一次去列支敦士登和瑞士时在瓦杜兹见过他。他在许多方面都给予我帮助，我在瑞士逗留期间所需要的钱由他帮忙筹措。

苏黎世、巴塞尔是瑞士的邮票交易中心，我有许多邮票放在那里的两位重要的邮商手中。我还见到了几位住在苏黎世的邮商，过去同他们有过业务往来。见到新朋老友，令人心生欢喜。

离开瑞士前，我们同阿方索等几位朋友话别，朋友们的眼睛是湿润的，而我们的心里是热乎乎的。

07

·············

新澳大利亚人

幸运的是，几天后我们终于收到了赴澳大利亚的入境许可。我同妻子商量如何尽快抵达澳大利亚。唯一飞往墨尔本的一条航线是乘英国海外航空公司的飞机，那条航线从伦敦起飞，途经开罗、新德里、新加坡、达尔文，最后到达悉尼。

1948年8月23日，在一个烈日炎炎的夏日我们告别了欧洲，登上了飞往澳大利亚的飞机。站在舷梯旁，微风吹乱了我和夏娃的头发，不乱的是我们对彼此的爱和对远方的憧憬。

1948年5月15日，以色列和埃及爆发了战争，那场战争实际上一直延续到1949年2月才停战。我们在战争期间途经开罗。一到开罗，就被带下飞机，埃及人认为我的姓——斯托恩和一个叫"斯托恩帮"的组织有什么联系，那是因为一个犹太人的地下组织在1946年7月炸毁了巴勒斯坦耶路撒冷的大卫王饭店。我们只能待在机场，不允许进入市区。

如果埃及人能辨别出此斯托恩非彼斯托恩，那绝对说明埃及人很有眼力。好在第二天，当局及时弄清楚了我的身分，飞往澳大利亚的旅程得以继续。返回机舱后，麻烦又来了，一会乘务员说夜间不能航行，一会机长又说要加油，就这么折腾来折腾去，整个行程磨蹭了4个白天。此架飞机的机舱设施是为战时配置的，椅子极不舒服。当然，整个航程也不提供食物、饮水。

到达墨尔本已经是1948年的8月底了，多亏了表姐夫哈勃特的牵线搭桥，我们搬进了一所公寓。那里有淋浴和厨房，住房条件好于普通百姓。一周的租金是

4英镑5先令，而那时的平均工资是6英镑10先令，可见房租是非常高的。我们住的中东公园理查森街260号的大部分住户都是来自我家乡的移民，因此，那里也有"布拉迪斯拉发公寓区"之称。

澳大利亚人同欧洲人有着太多相同又不同的人文环境，他们喜欢在自家院子里种很多花草，他们喜爱养猫狗，对外人十分友善，在大街上、公交车上、电梯间碰到你，总会向你亲切地点头，或者投之一个暖融融的微笑，一种温情呼之欲出，然后继续各走各的路。时间久了便打消了内心的生疏感，有了走亲戚的感觉。又看到有那么多的邮票店，更会感到某种亲切。原来从斯洛伐克移民到澳大利亚，就在这里经营邮票的梦想。梦想也是一种力量，一个又一个动人的诱因，促使我对新的工作与生活跃跃欲试。

荷马史诗《奥德赛》中有一句至理名言："没有比漫无目地徘徊更令人无法忍受的了。"生活在澳大利亚是我邮票经营生涯的一次转折，漂泊至此，我并未把这看成避风的港湾，而是当做人生新的坐标。到达以后，我有了更多的时间来思考自己，思考我的人生道路。

我从一开始就试图让自己完全融入澳大利亚邮商的生活，只有这样，我才能知道他们的经营理念、他们的生活态度、他们的对邮市的融入、他们在邮票生意上的追求。为了提高生活质量，我们这些移民都得努力工作，因为，我们没有退路。

墨尔本的邮票贸易集中地在皇家拱廊街，大部分邮商都集中在那里做生意。皇家拱廊位于墨尔本市的市中心，是澳大利亚著名的现存拱廊建筑之一，同时也是墨尔本市的历史遗产建筑。该拱廊最初建于1869年，拱廊连接着小科林斯街和波尔克街商业街，向西则有一条通往伊丽莎白大街的垂直通道。

当时的皇家拱廊街，8位邮商中的6位是欧洲人，他们中一位来自比利时，一位来自匈牙利，还有两位来自维也纳。最著名的邮商叫阿勒夫·坎普，他有芬兰血统，能讲一点英语。我进入他的邮票店，对他说，"我是邮商，刚刚来到这个国家，请多关照。"他大喊："邮商，都说是欧洲人，都是撒谎大王！"后来，坎普成为我最好的客户。他去世后，我继续和他的儿子做邮票生意。有一个细微的巧合让人觉得有趣，子承父业的儿子因为父子俩长得如同一人，也被叫成阿勒夫·坎普。

我们住的那片公寓区里，有一位牙医和一位普通医生行医，他们当时还没有得到在澳大利亚行医的执照。还有一位邻居是个理发匠，来剃头、刮脸的，都是东欧的移民。理发店内，一把推子，一把剃刀，一把梳子，理发工具一应俱全。理发后，理发匠喜欢用一种长毛的刷子轻掸你的头发，然后用一把小毛刷在脖子上、耳朵边掸来掸去，那种舒坦劲儿，从头爽到脚。

　　到达澳大利亚时，我们什么都没带，我的邮票库存都放了布拉迪斯拉发。我邮票店的会计伊斯特·斯坦克甚至不知道我们已经离开斯洛伐克了，我的邮票库存有大量的用作袋票的邮票（就是把100枚各种各样的邮票放在一个袋里）。

　　我到皇家拱廊街的各家邮票店里巡视了一遍，看到他们那里没有一家出售一个袋子里装上50枚各种邮票或者100枚各种邮票的邮品，这种邮品是刚入门的集邮爱好者最喜欢的。我了解到这个情况后，心里暗自高兴，那里的邮商还没有想到这项业务，他们要学会了，总还得个一年半载的功夫吧。而到那时，我已经把市场都占了。

　　出路在哪里？出路在于思路！我马上给伊斯特写了封信，让他在斯洛伐克办一个允许邮票出口的执照，把我在家中库存中的袋票材料寄过来。邮票到了后，夏娃和我坐在一起，把那些邮票分成类，装入玻璃纸袋里。几十枚或上百枚一袋的邮票，是我初到澳大利亚起步时销售的邮票。在制作袋票的过程中，夏娃进入邮票店工作。

　　1948年年底，我在柯林斯街上的一家商业银行开了户，那时我的邮票贸易已经开始红火了。每周能赚到5英镑就十分高兴了，我的下一个目标是每周赚10英镑。

　　我报名参加了一个英语班，上午10点到下午2点开课，每周都去上几次课。我的英语老师是一位年长的英国人，朗肯先生。当时去上英语课的人几乎都是移民。因为从小生长环境和所接受教育的关系，我除了母语之外，还能讲流利的德语。

　　每次上英语课，同老师用英语对话。一开始，苦于不会表达，憋得满脸通红。后来，我才意识到语境的重要性，同老师直接对话，对锻炼口语确实有很大的帮助。试想一下，面对一位讲英语的老师，我一定要搜肠刮肚地寻找合适的英语词汇来表达，大脑在飞速运转，逼着我用英语去思维，而完全忘记了母语，那种锻炼非常有益。

课堂上，每当我磕磕绊绊地说出几句不完整的只有自己懂得的英语时，老师都是非常耐心地倾听着。在我停顿的间隙，他不厌其烦地纠正着我的发音与语调，语气缓和，态度和蔼。多年后，值得回味的，还是老师诲人不倦的师道！

夏娃可能是因为女性的腼腆作祟从不去英语学校。我由于上了英语课，英语提高很快。好在生意和学习都是相辅相成的，正好可以理论联系实际，所以我很顺利地完成了英语学习。看到自己的英语学习有了进步，十分高兴，心里想英语掌握得越好，我的邮票店会开得更好。

妻子获得了一份机械师的工作，可是她既没有经验，英语又不好。她的老板讲希伯来语，她也听不懂。几周后，她辞了那份工作，回到我邮票店全身心地工作。

我的邮票生意已经步入正轨，每周赚10英镑让我们的生活很舒适，那时的澳大利亚的生活费用也不高。比如说，1先令6便士可以买一个大冰块、3先令4便士可以买一打鸡蛋、8便士可以买一瓶柠檬水。从中东公园到市中心的有轨电车的车票是1.5便士。

到达澳大利亚后，我又恢复了吸烟，每天给自己限量吸几支，那时最著名的香烟品牌是绞盘烟。绞盘是帆船上的一种装置，用在烟标上是为了纪念哥伦布，他是烟草的发现者、传播者，是对哥伦布为烟草作出非凡贡献的追忆和纪念。那时的绞盘烟的售价仅仅是2先令8便士一包，在黑市上买也只多加6便士。

澳大利亚集邮市场远远落后于欧洲和美国，在邮市的邮商和集邮者几乎都不带手册和目录。那时，澳大利亚没有外国邮票，外国邮票被排斥在澳大利亚和太平洋市场之外。我是把外国邮票引入澳大利亚邮市的第一人。后来，在澳大利亚的欧洲邮商也学会了经营外国邮票，活跃了当地的邮票市场。

我自己曾下过决心，英文程度达不到一定的水准，是不会轻意开店的。一开始，我成为一个"挎包的人"，那是美国生意场上的一类人物，它的意思是一个没有固定场所、在家里工作的人，整天挎着包拜访客户。我就是那样，整天外出，跑遍了每个邮商的店，去了解他们的需求，特殊的时间需要什么特殊的邮票。

我的库存从家乡寄过来了，我每天都要跑位于伯克街和斯宾赛街把角处的海关。那时，尽管进口邮票不征收关税，但是必须交上一份进口申报单。我在海关交了很多朋友，其中之一叫罗恩·瓦内，一个坐在办公桌旁清点我进口邮票的小伙子，后来也成为海关的业余集邮爱好者。

夏娃和我都希望要一个孩子，尽管生活还很艰苦，可我们苦中有乐。我在邮票生意中逐渐如鱼得水，也逐渐融入当地的邮票经营中了。那个时候，我结识了许多朋友，一时我的邮票店门庭若市，可谓谈笑有邮商，往来有邮友。

罗恩和我差不多同一个时间结婚，我们的孩子朱迪1950年8月14日出生。我看到襁褓中的女儿，含苞待放，楚楚可人，越看越喜欢，忍不住将其抱在怀里，用指头拨弄她的小鼻子，逗得她咯咯直乐。孩子的妈妈则一直侧头看着我们一大一小，抿嘴微笑。

还要感叹一下，罗恩的儿子也在那几日出生，我们有太多共同之处，友谊也一直陪伴着我们。

我联系海外的邮票提供商，买到了好多邮票。通过他们，我设法找到了一些1913年澳大利亚发行的第一套"袋鼠"邮票，从比利时、德国、奥地利和法国，每次一套或两套地进口到澳大利亚。

当"袋鼠"邮票第一次发行时，邮票上没有印上英国君主的头像引起一场风波。墨尔本的《阿古斯报》载文："在全世界的目光中，我们国家由一个古怪与荒谬的象征来代表将是一个多么可笑的事情呀！即使对各国少年集邮者来说都是一个笑柄。"那段时间，"袋鼠"邮票在邮市上的售价在5英镑至10英镑之间。今天，第一套无水印2英镑面值的上品邮票在拍卖中可以轻易达到2万美元。

我联系到的一个邮商，叫肯·贝克尔，悉尼一家商号的合伙人。贝克尔经常来墨尔本看望他的父亲，他父亲住在埃尔伍德·拉斯金街。贝克尔成为我最好的客户、最为信赖的朋友，我们至今关系一直很密切。2010年，他已经98岁。

那时，在墨尔本的邮商中，很多人非常有名，比如：威廉·阿克兰德在阿尔斯通大厦有一个邮票店，那是在柯林斯大街与伊丽莎白大街拐角处的零售店。他是我的第一位客户。另外一位是哈伯特·迈尔，他有一个邮票店叫奥尔拉·史密斯公司，他出版了澳大利亚联邦特殊人物邮票目录。

从邮票经营起步时我就受到集邮圈的欢迎，我用家乡库存的袋票材料填补了澳大利亚市场没有欧洲邮票的空白，事实证明：一个有邮识、有经验的邮商已经走进他们中间。

妻子和我制作的玻璃纸袋邮品在市场上大受欢迎。邮商们还想要世界上各国发行的新邮。当时，我会定期从英国皇冠邮票社收到各国的新票货源。

1949年，乔治六世国王银婚纪念邮票发行，收藏英联邦邮票的兴趣浪潮达到了它的最顶峰，邮票的价格一路飙升。到1949年底，墨尔本有20多位邮商，一些人全天营业，一些人半天营业。后来，由于邮票店的店租大幅度提升，许多邮商不得不搬出市区，在郊区开店。

今天，市区里只有4家全天营业的邮票店，在世界上所有的大城市也是这种趋势。一些邮商为了应对房租的提升，也只好取消了店铺，改在家里经营或通过英特网经营。

08

走自己的路

1950年1月，我被接纳为澳大利亚邮商协会会员，该协会成立于1948年9月，总部在墨尔本。加入澳大利亚邮商协会6个月后，我被选为协会秘书长。那时，我的英语还不能自如应付协会的一些来往信件，就聘用一位英文老师教我英语。在协会里，我要写许多信件和报告。

我们的一位年长会员弗兰克·桑西尔经常在协会的会议上读我写的报告。一次，他看着一份报告对我说："马克斯，你的英语很烂。"我不解地问；"烂是什么意思？"在场的每个人都发出善意的笑声。1954年至1956年间，我担任澳大利亚邮商协会会长，目前是协会的终身荣誉会员。

那时的澳大利亚邮商协会开会都在柯林斯大街444号的司各特饭店举行，那是一个十分漂亮的酒店，现在已经拆除了。酒店的老板史丹利·斯密斯是位热心的集邮者、集邮活动的支持者，我们在他的酒店开会时，他就给我们免单。

我想在市区租一个单间门脸房，因为，我此时已经有能力支付一周6英镑的租金。一天，在市区遛弯，我看中了弗林德斯大街的帝国拱廊，正巧有一个空闲的铺面房。我向隔壁的理发店一打听，得知那里正在招租。

回家后，我把打听到的情况告知妻子，她也觉得那个地方不错。1952年，我在澳大利亚开了我的第一个邮票店——马克斯·斯托恩邮票店。那是我出发的地方，也是我在澳大利亚邮票经营的正式起点。

转眼间，家有少女初长成，大女儿朱迪已经2岁，开始蹒跚学步了。我们有了一点积蓄，全家搬进了埃尔顿法院公寓。夏娃的叔叔、婶婶同我们住在同一个公寓楼里，婶婶可以帮助我们照顾小孩，担心孩子没人照顾的心病总算去了，妻子就可以全身心投入邮票店里的工作了。

邮票店开张的前几个月，只有我一个人在店里忙乎。不久，夏娃晚上到店里给我帮忙。我们用几个小时打扫店面，将邮票摆放在橱窗里，每天晚上都要干这些活。我买来了玻璃展示柜和用来取暖的煤油加热器，冬天可以在店里一边烤栗子吃，一边和店员们聊家常。

我们在墙上贴了一条标语，读起来也特别温馨、好听："为集邮者服务"，那是我们邮商的业训。"为集邮者服务"如果只是一个口号，是没有用的，仅是一个"空头支票"。即使你每天喊"为集邮者服务"，也无济于事。其实，那句话也容易实施，就是尊重集邮者，满足他们的需求。

开业后我们的收入增加了，我和妻子的生活可以过得宽裕些了。我们时常会到埃尔伍德的舞厅——豪华迈德去跳跳舞，到帕拉斯影院一边品尝着小吃一边看电影。此情此景，味蕾和心情一起尽情舒展，绽放成最初生活在澳大利亚的难忘回忆。我欣赏那句话，低调生活，高调娱乐。

在帝国拱廊商场，我的邮票店与皮货店、修表点、理发店、花店比邻而处。几家铺面的对面是墨尔本著名品牌达雷尔·利巧克力店。我的邮票店从一开始生意就很好，但要付出艰辛的劳动。

邮票店开业不久，我雇了一位助手，由她主要负责处理来往信函。我在报纸刊登了一则广告，支付的工资是每周5英镑10先令。应聘者是一位姑娘，名字叫丹尼斯·福斯特。丹尼斯是一位人见人爱的姑娘，最让大家喜欢的是她嘴角上永远挂着的微笑，那种微笑是真诚的、甜美动人的。她的工作十分高效，几个月后她要求将工资增加2先令6便士。但是，我当时无财力支付，只好真诚地对她说，先在我的店干着，等找到新岗位后再离开。

丹尼斯和我之间建立了很好的业务合作关系，我越来越信任她。几周后，我满足了她增加工资的要求，她自然十分高兴。

在隔壁的理发店工作的一位年轻的伙计，叫了一个挺拗口的名字——托尼·凡·车根。托尼到了谈婚论嫁的年龄了，一天，一位朋友给他介绍女朋友，可是女方临时爽约不想相亲了，朋友委托我临时找一位女孩顶替一下。那件事原本和我是风马牛不相及的，可经不起朋友的请求，情急之中，我想到了丹尼斯。

不曾想，见面后两人很投缘，相识不到一年就办了婚事。喜宴的时候谈起那件事，大家说是缘分。婚姻有时在冥冥之中也会应验的，你相信姻缘前世定吗？

2010年，丹尼斯已经成为祖母了，仍然在我的店里工作。她从不喜欢收藏，但喜爱那份工作，图的是周围的环境不错，交通便利，靠近火车站。一开始，她从事打字和速记工作，后来我的英语已经不需要他人帮忙了，她就到店里帮我卖邮票了。

她曾经随我回过一次我的家乡，战争期间我为躲避德国纳粹的追捕而躲藏的大影院让我们驻足。站在那里，她对我说，虽然建筑古朴依然，相信仍有犹太人的灵魂在里面游荡，她感觉非常难受。临街眺望，我久久不愿离去，因为它的古老，因为它的沧桑，更因为它蕴藏着不堪回首而又刻骨铭心的往事。

09

....

在澳大利亚邮票生意上的幸运突破

澳大利亚是大洋洲最早发行邮票的国家。1850年至1912年是新南威尔士、维多利亚、塔斯马尼亚、西澳大利亚、昆士兰6个州各自发行邮票的时期。那时期的邮票为典型的英殖民地风格，除西澳大利亚著名的"天鹅票"外，绝大部分邮票以维多利亚女王像为图案。

1966年，原来12进位币制改为10进位制。普通邮票中除币制改革初改的一套外，不再用英女王头像为图。以纪念邮票为主，专题邮票为辅。每年发行10余套，30余枚。邮票选题，除了反映澳大利亚的发现、各州的开拓、动植物等老题材外，增加了许多反映现代化社会的新题材。

我开店不久，一位老人手持一束在对门花店里买来的鲜花进来了。他说他叫塞缪尔·瑞丁，我对他说："您的名字我不是很熟。"他说："我们马上就会熟的"。他是在买花时看见我的邮票店，才决定进来瞧一瞧的。他介绍说："我父亲是1913年第一套澳大利亚袋鼠系列邮票的雕刻者。"说着，他打开一个破旧的老式钱包，从里面拿出几枚袋鼠邮票的雕刻版样张，并说他想把那些样张卖掉。

在我的一生中从未见过雕刻版的样张，甚至都没有听说过。样张是在没有打齿孔之前的雕刻印刷打样，用来比较印刷的邮票同设计原稿的差异。塞缪尔·瑞丁对我说，那是集邮中的重要收藏品。

于是，我给一位认识的拍卖商埃瑞克·瑙德恩打电话。他对早期联邦邮票非常有经验，特别是袋鼠邮票。闻声识人，电话线那端的埃瑞克声音洪亮，给人感觉思维清晰敏捷。当他听我把所见到的样张描述一番后显得十分兴奋，电话那边，他急得哇啦哇啦地对我叫："马克斯，不能让他把样张带走，他要多少钱就给他多少钱。" 听到对方急切的话语，为了降低一下兴奋度，我深呼吸了几次。我都记不得了他多少钱了，总之，眨眼间，他的6个雕刻版打样就是我的了。

接下来，我去拜访埃瑞克，他向我解释说，那些雕刻版打样极为重要、极为稀少。他印制了一份宣传册，对每枚雕刻版打样进行了注释，并为每枚雕刻版打样标价300英镑拍卖，300英镑在那时是半年的工资，我不禁对拍卖结果非常期待。我同意他确定的拍卖标价，雕刻版打样很快就卖出去了。那是我得到的上天赐予的第一份"大礼"，是一生只能有一次的经历。

2008年，一枚雕刻版打样在美国拍卖，拍卖价为10万美元。那是澳大利亚单枚邮品拍卖的最高纪录。

不久，瑞丁先生又邀请我去他家一次，他家住在埃尔伍德。瑞丁的家有很多藏品，大箱小柜，热闹得很，他又让我看了巴布亚邮票的雕刻版打样。巴布亚是一个岛屿的名字，1526年为葡萄牙探险家若热·德梅内泽所发现。

黑色袋鼠邮票雕刻版样张

我从没听说过有巴布亚邮票的雕刻版样张的存在，需要找人掌眼。于是我找到了迈尔邮票店的老板菲尔·唐尼先生。他的邮票店位于伯克大街商店的一楼，地方不大，摆了4个柜台，生意很兴隆。我记不得和唐尼成交的细节了，过程同袋鼠邮票的雕刻版打样差不多，我们都挣了很多钱。

1952年7月，拍卖商埃瑞克在《澳大利亚邮票月刊》载文介绍瑞丁先生的父亲，雕刻版样张是在一个旧盒子里发现的，为此，埃瑞克对瑞丁家的其他集邮珍品进行了研究，他的研究又引出另外一件罕见的藏品，一枚没有面值的澳大利亚袋鼠邮票的雕刻版样票。一般来讲，雕刻版上有120个雕刻点，若其中有一个点损坏，很可能造成该位置的漏印，或由其他的点代替。若在邮票上能证明其特殊性的缺陷，那么，它当然就有了收藏价值。判断是否有收藏价值的依据是：有特殊缺陷、雕刻点空缺、空缺点在印刷时被覆盖。

从不经意间结识瑞丁，到发现雕刻版样张遗存，还有幸能和珍邮联系在一起，幸运与商机便如此那般地启承转合了。看到这些收获，心情怎一个雀跃了得。那段时间，我笑醒过好几次。

瑞丁先生父亲的邮票店位于墨尔本朗斯代尔街272-274号，他在20世纪初前20年从事邮票雕刻工作，除了为维多利亚、联邦政府雕刻邮票、邮政用品、税票外，还为许多著名企业的建筑雕刻商标等。

1952年的贺卡，图案为我的邮票店

10

1956年的墨尔本奥运会

第16届奥林匹克运动会于1956年11月22日至12月8日在墨尔本举行。1949年在国际奥委会的罗马年会上，墨尔本以一票优势击败最后一个竞争对手布宜诺斯艾利斯，赢得了主办权。那是奥运会有史以来第一次离开欧、美两大洲。

共有67个国家及地区的代表团参加了那届奥运会，它向全世界展示了澳大利亚的形象。我来到这个国家后就注意观察，澳大利亚，尤其是墨尔本已经完全融入世界先进的技术和经济之中。

邮政总局当时负责全澳大利亚的邮政及电信业务，在澳大利亚邮政的发展历史中能与奥运会结合也是一种荣幸。

澳大利亚邮政在不同的体育场馆中设立了临时邮局，每个场馆都有自己的邮戳。各个邮局都提供邮政服务，但更多的是提供电话和电报业务。其中，海德堡奥运村的邮局最大，营业额也最高。

奥运帆船项目的举办地在菲利浦港，澳大利亚邮政建了两处用房车改造的邮局，可以在海滩上巡游服务。那种房车邮局一面有营业窗口，还可以到里面打公用电话。那两个邮局被称为"一号移动邮局、二号移动邮局。"

奥运邮票是奥林匹克精神和文化的承载者和传播者，经过100多年的发展已成为弘扬奥运精神的重要组成部分。奥林匹克运动与邮票的结合将体育的美感浓缩在了一张张小小的邮票上。

1896年，第一届现代奥运会在希腊举行。由于经济拮据，希腊政府无法提供举办奥运会的经费，只能靠社会募捐筹集资金。那时，顾拜旦担任刚成立的国际奥委会主席，希腊的集邮爱好者向他提出发行邮票集资的建议，得到了他的支持。

很快一套精心设计的邮票在希腊国内开始发行。那套纪念邮票共有12枚，图案有著名雕塑家米隆的作品《掷铁饼者》和伯拉克西特列斯的《赫尔墨斯》，还有拳击、赛车和古希腊的宙斯庙、竞技场等图案。

这套邮票是历史上第一套奥运邮票，同时也是历史上第一套以体育为题材的邮票。它以高于票面价值的价格出售，受到希腊人民的热烈追捧，邮票发行收入达40万德拉马（希腊货币），很快就为政府筹集了足够的资金。

第一套奥运邮票的发行对第一届奥运会的顺利举办功不可没。希腊发行奥运邮票大获成功，奥运集邮风靡全球，这种筹措经费的方式也流传下来，成为举办奥运会必不可少的一部分。希腊人集资办奥运的做法给我留下深刻的印象，也使得我在后来的集邮经营中效仿，那是后话了。

我注意到，奥运邮票的设计越来越重视准确传达主办国人文特色及奥运精神；体现着时代、民族和地域特征。奥运邮票设计的风格逐渐演变，画面由静到动而活跃、色彩由单调到丰富而精彩、边饰由繁渐无而简约。

澳大利亚邮政为奥运会的所有比赛项目刻制了52个有图案的纪念邮戳，还为奥运火炬、奥运会著名体育场馆设计了纪念邮戳，其中有奥运村、游泳馆、奥林匹克公园和主体育场。还为挂号信设计了专门的标签，那些邮戳现在已经成为收藏品了。

有句老话说的是，没有做不到，只有想不到。我的项目是在澳大利亚邮政发行的奥运邮票纪念封上，加盖1965年11月22日的15个体育场馆的纪念戳。那些纪念封贴整套4枚墨尔本奥运会纪念邮票，面值分别为4便士，7.5便士，1先令和2先令。

奥运会为我的邮票生意提供的商机是显而易见的。我急需一些资金，找到了我开设第一个账户的银行——澳大利亚国家银行，见到了客户经理，要求贷款1千英镑。

那位经理说我是新移民，并且我没有安全保障，拒绝给我提供贷款。没办法，我只好到另外一家分理处请求帮忙，经理表示同情，但还略显犹豫。我告诉那位经理，我要把自己的户头换到另一家银行，他十分吃惊，因为他想保留住我这个客户，最后同意为我贷款。后来，我在这家银行存款长达60年之久。

2008年，当马克斯公司成立60周年纪念活动举办时，银行赠送我一个雕刻的银盘，以示感谢。后来我还介绍从欧洲来澳大利亚定居的朋友到该银行开户，其中一些朋友现在仍是他们的客户。

能全身心地投入去干一件事，是幸福的。到奥运会开幕的时候，我已经收到了海外纪念封订单3000个，在国内市场还出售了近5000个纪念封。我雇了一些半工半读的大学生在运动场馆的进口处销售纪念封。

澳大利亚邮政的集邮局及时满足了我的纪念封、邮戳的订单，保证了我海外及国内市场对奥运产品的需求。奥运邮品之所以受欢迎，我的感觉是奥运产品的收藏性刺激了需求，它的稀缺性吸引了巨大的关注度。此后，邮政甚至可以让我赊账购买邮票，这种情况在当时是很少见的。从那时开始我和邮政的关系一直很密切。尽管经营奥运邮品很困难，但我还是得到了一定的经济收益。

在普通集邮者看来，为奥运会提供的邮品具有纪念意义。而澳大利亚邮政则把握住了这种心理，把奥运题材的邮品投放到了邮票市场上。于是，带有奥运概念的邮品便成为了市场上销售的热点。

然而对于澳大利亚邮政来说，投入很多的精力、财力用在奥运服务上，并不仅限于卖货的目的。奥运会邮票的销售促进了澳大利亚收藏活动的复兴，一夜之间墨尔本成为一个以集邮为时尚的城市，直到现在集邮还是一项流行活动。

我经历过多次奥运活动，有一个有趣的现象择要赘述如下，以添奥运闲趣：1956年墨尔本奥运会开幕式的门票为1.1英镑，也就是2.1澳元；2008年北京奥运会开幕式的门票在黑市上约5000澳元，且一票难求。

奥运故事，小则成趣，大则入史。给人留下深刻印象的是那届奥运会闭幕式的创新。当时大部分完成比赛的代表团都已先行回国，余下的选手不多。为使闭幕式进行得紧凑而热烈，澳籍华裔选手文强森建议：运动员入场打破国家顺序，相互混搭不分国籍。国际奥委会对此先是不同意，但最后只好面对现实，表示认可，但前提是至少要有400人参加。

闭幕式那天晚上，留下来的选手全部参加，结果闭幕式比以往任何一届都温馨感人。这种革新，打破了国际间的生疏，象征着人类的合作与和平，为大众所喜爱。从世界各地来的运动员携手游行，成为本届奥运会闭幕式的最大特色，也为日后其他各届奥运会所仿效。

1956年墨尔本奥运会门票，当时为1.1英镑等于现在的2.1澳元

墨尔本奥运会奖牌

墨尔本奥运会整套邮票

11

....

20世纪50年代至60年代的家庭与事业

早期邮商的经营一般都举步维艰，他们大都是夫妻店，有自己固定的服务对象及消费群体，经营的场所也不宽裕。他们的经营手段一般依靠经营老票为主，新发行的邮票要从邮局买回来后放在库里，等邮政部门不再出售那些邮票时，才适时拿出来出售。同时，他们十分注意与邮商之间的联系，帮助客户寻找那些他们由于没有精力收集而又急需的邮票和邮品。

各国邮商在经营中有几个显著的特点，那就是十分注意职业道德，不出售假票、伪票、修补过的邮票，注意以信誉取胜。同时，他们又具备丰富的邮识，一些邮商本人就是大集邮家。

对我来说，来到澳大利亚，最欣慰的一件事就是回到了自己喜欢的、而且是很有意义的邮票交易工作，幸运的是我也很适应那里的市场环境。

50年代，我花了620英镑购置了一款黑色的迷你莫里斯汽车，说出来大家也许不信，通常情况下，交款后一般要等12至18个月才可以收到订购的车辆，可我等了6个月汽车就到货了。由于我担心自己的英语过不了驾照考试那一关，我买了一个驾照。有一个家伙专门向我们这些移民兜售驾照。

我上班的时候一般不开车，在墨尔本乘公交车极为便捷，下了公交车，再走个一刻钟就到邮票店了。我只有在周末全家人去伊尔伍德、希弗德、法兰克斯东等地才会驾车。

我的二女儿露丝于1956年10月4日出生，夏娃又为我们这个邮票之家添上一宝。

20世纪50年代，邮商和集邮者喜欢用集邮册保存邮票。那时，护邮袋还没有广泛使用，邮票后面有贴过痕迹和没有贴过的邮票在价格和品相上没有什么不同（那时人们收藏邮票喜欢用一小条胶带粘在集邮册里面）。50年代至60年代，固定邮票的材料发展很快，出现了很多新材料。背面粘过几次的邮票要比只粘过一次的邮票要便宜。

随着我在澳大利亚邮票经营中取得令人瞩目的成就，到了我远观国外邮票经营的时候了。身未动，心已远。1960年，我收到新西兰集邮协会发来的邀请函，该会同基督城集邮协会共同主办新西兰全国邮展，他们要请我作为新西兰邮展的评审员。那个展览于1961年8月21日至26日在新西兰基督城举办。

起初，我有些犹豫，因为我不知道自己的邮识能否胜任太平洋地区邮集的评审工作。我的集邮经历主要在欧洲，当时评审涉及的邮品主要在澳大利亚及太平洋地区。转念又想，尽管邮商和邮展评审员的工作有诸多不同，但对提高我的邮识还是大有益处的。

带着感激，我欣然应允。我接受了评审工作飞往新西兰。当我从新西兰返回后，我结识了许多新西兰的邮商，分别是最为著名的邮商埃瑞克·若迪、坎贝尔·帕特松、魏克斯及史密斯公司，这几位邮商日后都成为我的主要贸易伙伴。

12

1963年至1965年间的阿姆波尔促销活动
及其幕后花絮

1963年，一位先生找到我，自我介绍说，他是一个广告代理，正在筹划一项宣传促销活动。那时阿姆波尔石油公司在澳大利亚有几百个汽油加油站，它正在策划一个给公司的客户赠送礼品活动。公司销售经理雷纳德在一次早餐上对家人谈起，他在为选择什么礼品发愁时，他的9岁的儿子盖瑞冒出一句话，"为什么不赠送邮票？"巧了，他的儿子是个集邮迷。

以前，邮票有过用在企业的大型促销活动中的先例。1937年埃塔花生酱在澳大利亚发起过赠送邮票活动，在促销活动中，共使用了2500万枚邮票，销售出27.5万本埃塔集邮册。在此之前，象牙肥皂在美国也尝试过类似的活动。

阿姆波尔石油公司的代表对我说，他们有了赠送邮票的想法后曾经拜访过悉尼的好多邮商，他们都没有活动所需的足够的邮票货源。因此，他们推荐了我，说我是墨尔本最大的邮票批发商。

我同他们坐在一起，听他们对促销活动的要求，一切听起来都那样让人兴奋。他们需要几百万袋邮票，赠送给澳大利亚境内到他们加油站加油的所有用户。我对那个项目非常感兴趣，但我当时的表情心如止水，波澜不惊，上不动声色地说："我无法参加促销活动，原因很简单，我没有足够的资金。"

阿姆波尔石油公司的谈判代表看我态度真诚，不忍敷衍我。就对我说："资金不是问题，返回悉尼后，就给你寄1万英镑作为预付款。"我们之间没签合同，也没签正式协议。当支票到我手上时，我简直不敢相信自己的眼睛。我把支票拍成照片向朋友们展示，因为在我的一生中，我从来就没有见过那么大额的支票。

澳大利亚有史以来规模最大、最为成功的利用邮票开展的促销活动开始了。起初，我心里一直在忐忑着，头脑中清楚这个项目工作量巨大，大量的邮票袋生产就是个令人头痛的大问题。我得出一个结论，这活我干不了，工作量太大。

在新南威尔士州的达博，有一家公司叫七海邮票店，老板叫比尔·霍恩泽，他在澳大利亚主要生产邮票袋。我需要马上找到比尔，请他负责袋票的加工。

为此，我奔赴新南威尔士州的达博。那天正逢周末，街上很少见到行人，只有一辆辆汽车飞驰而过。比尔说，周末是达博人出去度假的日子。没有行人的达博街道出奇地宁静，橙色、淡紫色、湖蓝色的鲜花在公路两旁尽情地绽放，争奇斗艳的色彩变换着冲击我的视线。同墨尔本相比，达博似乎成了一幅纯粹的风景画。

我们坐在一起商议，双方很快达成共识，马克斯公司提供邮票，七海邮票店负责邮票袋的加工。同上次一样还是没有正式合同，只是凭一个口头协议。从那以后，我同比尔的业务联系长达半个世纪，从来没有发生任何问题。

比尔·霍恩泽曾经写过那段经历：

我曾经为澳大利亚两家最大的超市Coles和Woolworths生产过袋票，价格是6便士。阿姆波尔公司促销活动预计持续2至3个月，效果好的话，可能持续的时间更长一些。他们认为如果一周发出20万袋证明促销的效果不理想，发出25万袋促销的效果较为理想，发出30万袋为最好。

我告诉他们，需要3到4周才能将袋票准备好，还需要几周时间测算出发出去的比例。因此，在活动没有开始之前，我们一定要把制作袋票的材料准备好。如果促销活动在全国铺开，我们需要200万个袋票。

开始几周效果是轰动的，发出了40万袋。孩子们都劝父母到阿姆波尔加油站去加油，以便获得赠送的邮票，还有大量的成年集邮者也通过加油索要袋票。后来散发的速度有些减慢，但促销活动仍然继续了18个月。我每周要寄出25万袋票。每周日上午8点，马克斯都会电话通知我，他上周找到的邮票明细，装袋票所用的邮票已经在寄给我的路上了。

那项促销活动遍布整个澳大利亚，并获得了极大的成功。活动运转两周后，我收到广告代理公司的一个紧急电话，告知我们他们已经为我订购了一张墨尔本飞往悉尼的机票，要求我次日9时到达阿姆波尔公司在悉尼的总部并开一个重要的会议。在那次会议上，阿姆波尔公司决定再增加200万个袋票，那个决定对邮票材料的需求是个挑战。

任何一件难事，只要肯动脑筋，总是能够变得简单。澳大利亚没有足够的票源没有关系，可以想别的办法。我立即直飞布鲁塞尔，那里正在举办世界博览会。从飞机上俯瞰的一瞬，往往会注定你对一个城市的印象。对布鲁塞尔的那一瞥，我记住了繁忙。

当时布鲁塞尔由于举办博览会显得十分拥挤，我只能住在城外并租了一间仓库，借用一架直升飞机往返市内。在博览会上我见到了前苏联邮政官方邮票副代理亚历山大·布列斯托卡，后来证明这是一个重要的不期而遇。

我还买了几百万枚专题邮票，主要来自前苏联、捷克、匈牙利、保加利亚和波兰。只有那些国家才能提供如此大量的、专题的、干净的盖销邮票。为这次促销活动，我先后4次去欧洲采购。

促销活动从1963年10月8日开始，1965年初结束。邮票被装到一个纸袋里面，上面写着几个字"向阿姆波尔公司的用户致意！"每个袋里都有三、四枚邮票。一些邮票袋里还藏有幸运纸条，也确实有人十分幸运。一个9岁女孩在她得到的邮票袋里发现了1913年发行的袋鼠邮票，价值9英镑。当新闻媒体采访她时，她表示不会出售那枚邮票，因为她是一位地道的集邮迷。

在邮票袋中还有塞拉利昂发行的不干胶邮票，一共才发行2.7万套。专题邮票中有罗马尼亚的航天邮票、埃塞俄比亚发行的动物邮票和加纳发行的独立日邮票，那些邮票当时价值3英镑5先令一套。

促销活动结束时，一共散发出7000万枚邮票，澳大利亚男女老少平均每人6枚。所有邮票袋展开可达1262英里，是从悉尼到达新西兰惠灵顿的距离。七海邮票店为了完成那个项目在达博的一所老式联盟俱乐部建了一个特别加工厂，雇佣了45名全日制工人、80名半日制工人。一时间，七海邮票店因此成为南半球最大的集邮企业。阿姆波尔公司为此项目专门拍摄了一部彩色电影在新南威尔士州的达博播放。报纸和杂志的一些版面也都是集邮和邮票店销售的新闻，有一份报纸刊登了这样一个故事：一个小男孩要求他父亲去加油，然后在阿姆波尔公司的加油站得到赠送的邮票袋和给他父亲的打火机，然后小孩指示他的父亲，"把油加满！"

活动结束一年后，阿姆波尔公司的销售报告显示：汽油销量增加12%。《澳大利亚财政周刊》1964年10月19日的文章说，"免费赠送邮票的促销活动好得不能再好了！"他们还为邮票袋制作了专门的邮册出售，集邮册是七海邮票店设计的，插有700枚邮票，一共售出30万册，同时还售出很多邮票贴纸及邮票袋。

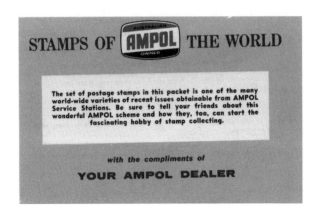

阿姆波尔公司汽油促销的邮票袋

阿姆波尔促销活动是世界上最大的一次利用邮票的促销活动，现在做类似的促销活动几乎是不可能的，因为现在的人工成本太贵了。现在的孩子也喜欢邮票，但没有大公司的长期财物支持是不可行的。此后，我再也没有遇到过利用邮票开展的促销活动。

比尔最近认为，我们在促销活动中销售邮票的世界纪录很难被打破了，市场分析家们也预料不到小男孩们在阿姆波尔加油站要求自己的父亲把汽车加满油换取一袋邮票的现象会在哪个产品中再现。他还说："马克斯和我在促销活动结束时身心疲惫，但十分快乐，促销活动有利地推动了集邮活动的开展，也积累了很多经验，但类似的活动不能再做了，马克斯同意我的观点。那些日子里，我们之间很难见面。但在合作的日子里，每个人的脸上都带着疲倦的笑容，我们从没有发生过争吵，甚至没有说过一句粗话。"

在促销活动中，我们亲手导演了与促销活动相关联的一切细节，那是一场富有戏剧性的、前所未有的演出，每个人都充当了导演和演员，每个人看上去都是不折不扣的天才。这是我一生邮票经营中的一个重要里程碑。

匈牙利邮政的卡罗尔·赞波斯基是我在促销活动中结识的好朋友。在双方签订单之前，他总是带着一瓶匈牙利李子白兰地邀我一起喝酒。上个世纪90年代，匈牙利政治体制发生变化后，卡罗尔自己开了一家公司，为我提供过一些邮票。每当我访问布达佩斯时，他总要请我去他家里叙叙旧。他在2000年因病去世。

通过与阿姆波尔促销活动那次生意，我成为前苏联邮政的一个十分重要的客户，此后他们一直给我提供苏联发行的新邮票。后来，我甚至可以赊购他们的邮票，那在当时也是很少见的。为了阿姆波尔的促销活动我还从匈牙利购买了许多邮票。

不过，当时我并不想去东欧国家，主要是担心他们了解我过去在情报部门工作过的经历而把我扣压在那里。为此，我同前苏联和捷克邮政的代表举行业务谈判都到维也纳，他们也愿意去那里，因为他们也有合法的理由离开他们的国家到国外公干。当然，我心里也清楚，在他们之中肯定有秘密警察——克格勃的人。

阿姆波尔促销活动结束后，苏联人问我，是否签订一个委托我在澳大利亚代理前苏联邮票的协议。我解释说，我已经是美国邮政的代理了，不想冒险在我的公文信头上的"美国邮政代理"旁再加上了"苏联邮政代理"。我十分愿意同他们继续做生意，但不愿意在冷战期间成为苏联的代理。那不是个人的不便，只是时间选择的不对。

比洛斯卡先生，是前苏联贸易公司的头。经常到墨尔本来看我，他一到场，总有俄罗斯驻堪培拉大使馆商务处的一个官员陪伴。他也总问我签订代理商协议的问题，我总是委婉地拒绝。我从没有同他们签署代理协议，也一直没停在澳大利亚推销苏联邮票

其他东欧国家的邮票也源源不断地提供给我，他们也经常发行一些新邮票。匈牙利和波兰的邮票在澳大利亚受欢迎的程度令人吃惊。许多战后的移民移居澳大利亚后，仍然保持了这一爱好。在当时的东欧国家，集邮是政府予以支持的活动。很多人自然会继续收集来自他们"家乡"的邮票。

我了解到，距离帝国拱廊商店不远处，新建了一个拱廊商店，就在老的菲利浦港旅馆附近，新的拱廊商店以菲利浦港命名。我真想在那里租一个店，一打听价格贵得令人咂舌，每周租金15英镑，是我帝国拱廊商店租金的三倍，这对我的财务状况是一个挑战。但夏娃和我还是决定在那里租一个店，拓展我的事业。

　　1961年1月我从帝国拱廊商店搬出，搬进菲利浦港的新商店之中。多亏了夏娃的叔叔、婶婶把我们的孩子照顾得非常好，妻子能抽出时间来帮助我的生意，我们可以肩并肩地一起工作。

　　在澳大利亚生活了十几年后，许多人、许多事都在生活的长河中无声无息地流淌着。随着几次搬家，自己的物品也越来越多。于是，搬家前，面对要搬走的物品我席地而坐，一件一件打理，然后按自己的意愿决定是否带走。那众多的来往信件，尤其是与亲戚、朋友的来往信件虽然看起来很不起眼，但会像宝贝似的与我结伴而行。我知道，眼前的那些薄纸片，淡黄中承载着一个时代的回忆。当我心情不佳、苦闷烦恼时，读读它们总会让我心情一振，取而代之的是沉浸在对往事的欢快回忆中。

13

澳大利亚全国邮展"加字"风波

从我到达澳大利亚开始，就同邮政建立了良好的业务关系。我一直是邮政的客户，购买大量邮票，然后出口到美国和欧洲。

1970年，作为库克船长发现澳大利亚东海岸200周年纪念活动的一个部分，新南威尔士集邮协会计划于1970年4月27日至5月1日在悉尼举行澳大利亚全国邮展。

当年的3月，我咨询了澳大利亚邮政的法律事务部，在1901年制定的《邮政法》中，我发现一个漏洞。该法并没有对个人在其购买的邮票及邮票小全张边框上加字提出限制，只是提到使用者污损邮票票面是违法的、不能在邮政上使用。

我当时就有了一个想法，在即将发行的"库克船长发现澳大利亚东海岸200周年"小全张（5枚5澳分邮票和1枚30澳分邮票，邮票的总面值为55澳分）上在面值为30澳分邮票的左侧分3行加盖"小全张/澳大利亚全国/集邮展览/"字样；在右侧加盖"1970年澳大利亚邮展/悉尼/4月27日至5月1日"字样；小全张左下角印上系列编号，所有加字用红褐色印刷。

我设想从邮局购买1万枚库克船长小全张，按上述文字加印在边框上，然后在我的柜台上按面值来销售。这样做也是对邮展的宣传，我清楚此举并没有违法。

邮票小全张发行之前，我在邮局预订了1万枚，请山楂印刷厂的约翰·卡特纳先生帮我加字。当时，卡特纳是维多利亚皇家集邮协会的会员。在小全张上加字以前没人干过，他将我要加字的要求写信向邮政作了通报。4月7日，澳大利亚邮政经理克努特给他回了一封信：

参阅你3月25日函，加字一事并没有法律上的障碍，但是，在对外公告时，不要涉及加字小全张有任何官方身份或澳大利亚邮政官方批准认可的内容。

集邮局对我购买的1万枚小全张邮票的发货已经作了安排，时间是4月16日。

在此之前，邮展的经费是个大问题，那时邮政一般不为举办类似的邮展提供经费赞助。为此，集邮协会只好在会员中进行筹资。可是活动进展得并不顺利，几个月过去了，只筹集了区区几百澳元，杯水车薪。

经费没有着落，邮展的组织工作捉襟见肘，组织者们十分着急。计无所出、万般无奈，悉尼邮商协会的两名资深会员，肯·贝克和马克斯·库翰自告奋勇地到墨尔本向澳大利亚邮政游说，但费尽了口舌后铩羽而归，他们还是没能得到邮政的财政支持。

越有困难，越能激发灵感。面对这样的局面，我对自己说得想点什么"辙"才行！我想到了第一届奥运会发行邮票集资的办法。 4月9日，我在悉尼温特沃什宾馆召开的邮展协调会议提出了一个建议，将加字小全张由1万枚改为5万枚，交给邮展执委会按其面值55澳分的价格销售，不过，购买者要额外缴纳30澳分的邮展入场券费用来作为举办邮展的经费。

起初，一些人对此有异议，认为在邮政官方发行的小全张上面加上文字后销售不道德。但是，执委会心里清楚，即使他们不同意，我是不会轻易放弃我的计划的。要是那样，大量人群就会涌向我的摊位来购买加字小全张。

我的一些竞争对手也心存芥蒂，他们找借口说，人群的大量涌入会对邮展中荣誉级展品的安全造成威胁，因为，最有价值的邮集都在荣誉级展区中展出。

经过一番热议，最后，执委会还是接受了我的建议。为此，我约法三章：一是邮政出具书面证明，承认那些加字小全张作为邮资的有效性；二是加字小全张具有官方发行身份；三是邮政在邮展现场的邮局里为加字小全张提供首日戳。邮政对以上三个条件没有异议。

事后，邮政总局有些人对小全张上加字提出质疑，认为是不合法的"干涉"邮政官方发行邮票。就此，我得到了更多的法律建议，我确切地得知邮政总局只对邮票票面本身有管辖权，管辖权不能延伸到小全张四周的空白边框处。

最后，我同意按邮票面值价格卖给邮展执委会3万枚加字小全张，其中2.5万枚面对公众销售；5000枚分配给邮展摊主，每枚都加30澳分的入场券费用。然后，我手中剩下的2万枚小全张，我一次性付给邮展执委会2万枚小全张的30澳分入场券费用。作为回报，我拥有自己购买的2万枚小全张邮票的独家海外销售权。邮展执委会退还给我印刷费3000澳元和我个人的广告费用，那样就剩下了1.2万澳元的纯利润。到此，邮展成功地筹措到了一部分资金。

库克船长200周年加字小全张

1970年5月18日，负责加字印刷的卡特纳给我来信说：

5万枚小全张的编号从1—50000，印在邮票的左下角。票样已经呈递给邮政当局，并且已经得到了批准。印刷机彩色打样稿递交给你，征得你的同意；编号55555的小全张（在顺序编号外，否则就重复了）是样品，由你保存，可以留作广告之用。

邮展开幕前，我还没有得到邮政的官方发行通告，万般无奈，只好以我个人的名义在4月25日至27日的报纸上刊登三则加字张的广告。

4月21日，我给邮电总局长杰·克纳特先生寄去了编号为第1号的小全张，以答谢他对实施此次大胆的计划所给予的帮助。编号第2号小全张送给了助理副总局长（负责商务活动）捷·斯密斯先生，因为是他于4月14日在加印许可的文件上签的字。我还送了一枚小全张给邮政总局局长休姆先生。

只有一位悉尼的邮商阿勒夫·坎普，以及三位墨尔本邮商拒绝买卖小全张。4月22日，《每日电讯报》发表了一封来自坎普关于加印的小全张的信。他说，如果只是简单得一地为了邮展顺利举办筹集资金而发行的纪念品的话，他基本没有什么怨言。但是，还有更多严肃的问题需要考虑到。本来应该由邮政的官方操作的事情怎么给了私人运作？

他要求邮政总局长给个"说法"，并提出以下几个问题：

1. 即使是在邮票周围边框上，个人加字是被允许的吗？

2. 假设私人加字可以，加字邮票就要保证在邮件上随意使用，那么是不是也要提供邮票首日的相关服务？

3. 如果是这样，相关部门是否考虑过过激的市场需求？不仅仅是本国的，更重要的是海外市场，通常这个市场需求数字会是5万枚的4倍。

他说，加字是对邮政总局名誉的一个"危险的挑战"，他坚持认为："许多国家的集邮收入大幅度缩水是由于集邮者对其国家集邮用品缺乏信任而造成的。"他请邮政总局明确他们的相关政策。

同一天，我写信给主办澳大利亚全国集邮展的新南威尔士集邮展览执委会的荣誉秘书长马克汉姆先生，信中我对他说，我已经跟助理副局长先生汇报了坎普的信。他已经确认过，加字的安排仍然保持原状，而且他个人对此没有过多的担心。我补充道，我认为指责只会增加加字小全张的名气，我对加字小全张的成功发行非常有信心。

4月23日，《每日电讯报》上发布了一封来自休姆局长的信，但是信的内容并没有澄清事实，对加字小全张与邮政之间的关系三缄其口，信上写道：

加字只是在邮票四周的空白边框上，邮政从法律的角度控制住加字并没有延伸到邮票上。加印的组织者事先联系过邮政，并确认这么做没有触犯法律，但是没有通告告知加字小全张有官方身份或者邮政官方批准许可。

全国邮展的组织者安排了加字工作，他们从邮局以其面值55澳分的价格购买了5万枚小全张，而且这些小全张将在邮展上以同样的价格搭配一张入场券销售。

由于邮票本身并没有外观损坏，所以这些小全张仍然可以作为邮资使用，加字小全张仍可以根据要求在邮局盖戳。

休姆不够坦诚，错不可谅。他在特定的历史背景下，在信中透露出邮政与那些小全张的生产无关。一些实事完全可以证明他们与加字小全张有关：邮政在邮票官方发行日期，也就是4月20日之前，准备了1万枚小全张用于加印。另外，从邮票加工点调回了4万枚小全张，总计5万枚小全张用于满足我的个人订单。正如休姆说的那样，是我以个人名义购买了那些小全张，而不是邮展组织者购买的。他们坚持要由他们批准认可在小全张上加印的文字及文字的颜色，并在4月27日邮展开幕当天提供首日纪念邮戳。因此，澳大利亚邮政与此事有关联。另外，邮展执委会仅仅从我这里购买3万枚小全张，而不是像休姆局长说明的全部5万枚。列举以上事实，加字张与邮政有无关系已毋须赘言了，邮政总局长严重不受信任。

4月26日上午，我到达悉尼，以每枚面值55澳分的价格，卖给邮展执委会3万枚小全张，那3万枚包括给邮展摊主的5000枚，我给执委会一份1.65万澳元的账单，他们也支付了全部货款。我另外准备了2万个免费的纸袋给小全张消费者，免得他们购买后用手拿着。

4月27日邮展开幕当天，在温特沃斯宾馆的大厅里排起了长龙，随后的一周需求强烈。自然，一些集邮收藏者喜欢多排几次队，多付几次入场券的费用，就是为了多买一些加字张。

看到加字张热卖的场面，澳大利亚邮商协会的悉尼分会举会哗然。4月30日，该会的一些会员拿着加字张出现在温特沃斯宾馆，商讨全国邮展览如何应对加字张热购的局面。分会主席库翰介绍了小全张热销的大背景，并请求在场各位会员尽量减少提出小全张身份和道德层面上的问题。

可是，会议刚开始，坎普就吹胡子瞪眼非常不客气地质问我是从邮政总局的哪个部门协商得到的加印权。我平白无故遭到他质疑，心中很不高兴。可是，我还是耐着性子、言简意赅地回答他说："我那么做是基于我自己的权力。"如此一来，坎普不禁大光其火，他和另一个会员又质问我关于加字张的道德层面问题，那个问题是一个预料中的话题。我知道不能随便激化矛盾，就小心谨慎地作答。

可是，无论我如何谨慎地解释，收获的都是不信任的表情和不信任的眼神，反对者的每个细胞都在透露一个相同的信息：你道德吗？不就是为了自己赚钱吗？

面对他们的喋喋不休，我心里的感觉就俩字儿：悲哀！对新生事物进行无端的指责，是很多人的习惯。我不厌其烦地做了详细的说明，阐述它为邮展吸收资金的作用，并道出了加字张的邮政使用有效性和邮政给予的大力支持。

之后，有会员提出一项提议并得到响应："悉尼分会认为，邮展加字张有必要在将来出版的邮票目录中标注为'半官方发行物'。"另一项补充提议称："鉴于加字张事件已既成事实，而且大量民众已经善意地购买，本分会认为目录出版商应该承认小全张的'半官方身份'。"提议以11票赞成5票反对获得通过。

该决定于1970年5月20日在墨尔本召开的澳大利亚邮商协会的会议上得到再次确认。

库克船长小全张是澳大利亚有史以来发行的第2枚小全张。第一枚发行于1928年10月29日，由澳大利亚邮政发行。第一枚小全张总共有4枚邮票，每枚3便士，邮票图案是蓝色笑翠鸟，是为国际邮展专门发行的小全张。当时，他们也是以面值价格出售，不过并没有直接通过发行邮票资助邮展。那枚邮票还被印制成普通版邮票，连同邮展剩下的小全张在邮局一起销售。

《澳大利亚邮票期刊》1928年10月发表了一篇评论说："像这样一个没有任何使用目地的发行物，估计也只会让邮政浪费那些处理邮票事务的邮政人员付出更多的劳动力，这也只是让邮政总局高兴，因为这些邮票的90%的销售量预示着邮政总局的一笔可观的净利润。"

接下来，发生在那枚小全张身上的事情跟发生在库克船长加字张的狂热讨论简直就是集邮茶余饭后的电闪雷鸣。

1970年5月14日，《集邮收藏》伦敦刊发表了一篇豆腐块文章，在大标题下写着"邮展加字的库克船长小全张是非官方的邮品"。文章说：那些加字张"没有官方身份，而且，那是没有任何集邮收藏价值的纪念品"，文章还声明说邮票四周的空白处就是防止邮票受损而失去邮资作用有效性的保险。他们加印的文字简直就是毁了库克船长小全张。文章还补充说，"邮政高官否认这些加字张会在邮局销售，包括全国邮展上，不过加字张在邮政上可以使用还是被接受了。"

库翰看到那一报道后颇有微词，马上给《集邮收藏》的主编肯·钱伯曼发去一封电报："我们强烈反对你们恶劣的言论和误导读者有关邮展加字张的行为，你们要停止聒噪，强烈要求收回你们的言论并更正错误。"

邮政总局发布了一份没有署名、没有日期的宣传单，大标题写着："私自加字——库克船长200周年纪念"。宣传单上说：在小全张上面加字印刷的行为不是邮政的官方行为，加字张是不在邮政出售的。那份声明确认了加字张作为邮资的有效性，还说邮政法律法规正在被考证着，邮票周围空白处到底在不在管控范围之内。

5月21日，那张宣传单激起了墨尔本市舍伍德区邮政服务部的埃瑞克·帕廷顿的愤怒，他写信给邮政总部里的公关经理。他在信中说，没有署名、没有日期的通告是不尊重人的，是会误导人的。"请务必发布补充通告，澄清整件事实，尤其是要强调原通告中的'私自加字'印刷实际上是通过了邮展执委会的磋商，根据澳大利亚邮政的建议，与邮政密切合作，得到了邮政授权的行为。"瑞克的信写得好，言正而意深。

1970年6月，《澳大利亚邮票月刊》发表了一封埃瑞克写的信，他在信中说，他已经写信给澳大利亚邮政公关部经理，但是始终没有回音。他还说，加字张并没有伤害澳大利亚的集邮事业，相反确保了全国邮展资金方面的顺利，并大大增加了国内外集邮界的集邮热度。

为了佐证他的观点，他指出，3分的蓝色笑翠鸟小全张，只在1928年的墨尔本国际邮展出售，最近的零售价格是本身面值的95倍。他补充道，他非常乐意从集邮者的垃圾箱里以目录价格的两倍购买那些小全张。顺便说一句，那些无齿孔小全张，据估计在今天可以卖到20万澳元。

这场争论风声水起一路传到了堪培拉。《西澳州人》在1970年6月5日刊登了一篇报告：

> 堪培拉，星期四：参议院今天得到消息，澳大利亚邮政因库克船长200周年邮票引起了严肃的指控，指责邮政的廉洁性。民主党副领袖、参议员麦克马努斯要求内务大臣瑞肯因，代表邮政总局长出示一份事件说明。他说指控主要是"某些邮商用这些小全张做了特殊的安排，从而得到非常可观的利润"。

比尔·霍纳泽在《邮票新闻》1970年6月刊上发表了一篇社论，是关于收藏者对于那枚加字张的认识有明显分歧。他说，"看来加字张最根本的身份很大程度上取决于在发行的过程中邮政参与的程度"——正如4月30日悉尼邮商分会的会议上说的那样。霍纳泽补充说，总局长休姆的信使得事情真相更加浑浊。他指出，邮政竭尽全力满足马克斯的订单，可是他们提供的小全张却是半官方的身份。

《集邮收藏》6月刊中，一个由布瑞治和凯公司中的一个叫艾伦·利伍顿的人发表文章说："英联邦国家第一次发行这样带有邮政授权的小全张，很多人急于购买，对此，非但不用着急拍手，还应该先看看，因为这枚小全张并不像是为了这个国家的邮展发行的。"

第二篇文章发表在1970年6月18日，《集邮收藏》的文章彻底点燃了事件的火焰："小全张的批发业务中不道德的部分在于，在官方发行的小全张上面加了文字再销售完全属于个人行为（不管这中间谁会获得好处），而且获得巨大的利润。"文章又接着说，有三个团体和个人涉及到加字张的销售中，邮展执委会得到了1.065万澳元，澳大利亚邮商协会获得了2.98万澳元，马克斯本人获利3.625万澳元。那位记者说，数据是从他们"墨尔本通讯员"那里获得的。按他的数据，加字张涉及的人数之多、数额之大令人咋舌，难以想象。

那个时候没有人知道那位通讯员是谁，也不知道消息全部是不是真实的。

当年6月23日，霍纳泽写了一封私信给我，信中说，现在外界暗示澳大利亚邮商协会在幕后有目的地推动了小全张的销售，并督促将加字张列入邮票目录之中，所以事态非常严重。邮商协会是一个非贸易性组织，鉴于此，要立即确保名誉的收回。霍纳泽在信中也承认没有人从中挣了那么多钱。

6月26日，库翰代表邮商协会写信给《集邮收藏》的主编钱伯曼，为了协会的名誉，协会就发表于6月18日的文章作出进一步声明，协会没有像墨尔本通讯员所说的那样把加字张的价格定为每枚3澳元；协会会员并没有以1.2澳元的价格购买这些小全张；协会更没有从中获利2.98万澳元。

事实上，不管是协会还是马克斯本人都没有从那次商业活动中谋取利益，此事唯一的受益方就是澳大利亚全国邮展。库翰要求主编为此道歉。他说："我的会员被你从专业角度的攻击深深地伤害了。没有一位会员在邮展上出售那些小全张。我们建议，是换掉你们的墨尔本通讯员的时候了。"那封信起到了拨云见日的作用。

钱伯曼也提到了澳大利亚邮政发放的那份没有日期、没有署名的传单，他们对全国邮展加字张不是很欢迎。到今天为止，那是澳大利亚最有争议的一枚邮票。但是，除了这主旋律外还有另外一个小插曲。

邮展闭幕后不久，墨尔本的奥洛·史密斯公司，因不是澳大利亚邮商协会的会员而没有像其他邮票商那样得到加字张。其实，如此鸡毛蒜皮的蝇头小利，肚量大的人也就算了，但史密斯偏不死心，他对加字张觊觎多时，就擅自在库克船长小全张上加字。他们加印的字体是一样的，只是字体稍微厚重一些。当时我正在用每枚1.2澳元的价格尽可能回收加字小全张，我已经注意到加字小全张有赝品了。我的第六感告诉我，真正的加字张已经如日中天，赝品却来者不善。

面对造假行为，我不能退避三舍。于是，新南威尔士邮展执委会和马克斯公司向最高法院联合起诉史密斯等三家公司，要求索赔，禁止他们继续贩卖他们的小全张。我们诉讼基于以下事实：加字小全张是澳大利亚全国邮展确定的集邮收藏品，未经授权的赝品正在损害集邮协会和我的利益。而且，"澳大利亚邮展"字样已经注册在案，他们将注册的字用在赝品上已经构成了侵犯版权。

1970年5月29日维多利亚最高法院开庭审理了此案，最后法官以支持原告结案。史密斯公司保证他们不会再打广告或者出售他们的赝品，销毁还没有售出去的加字小全张，如果有人想要退回，该公司会按原价退还。最后史密斯公司还付了诉讼费。

然而，史密斯公司非常无耻，面对败诉，并不服输。这件事继而愈演愈烈，欲罢不能。他们在《澳大利亚邮票月刊》6月刊上面登了一整版广告，上面写着"非官方／加字／库克船长小全张／每枚80分"，还加上一句广告词"最新消息——急需寻找破绽"。无耻的广告宣传使恩怨再添一成。可是，他不知道，一个人可以无知，但不可以无耻！

言归正传，以免跑偏，再回到"主旋律"上面。《澳大利亚邮票月刊》6月刊上，由澳大利亚一位知名集邮专家——阿里克·罗斯布鲁姆"独唱"，当时的歌词大意是："在小全张加印文字，不管是业余的还是专业的，澳大利亚集邮事业的名誉均化为乌有，其他国家的集邮界对我们已经彻底失去了尊敬。"

罗斯布鲁姆原文这样写道："加字的事情兹事体大，影响恶劣。为此，下一个能赢得国际支持的在澳大利亚举行的集邮展览需要很多年；澳大利亚个体集邮家的倡议能自动赢得到海外的欢迎也需要很多年。我们陷入了无尽的耻辱当中。澳大利亚集邮界已经享受大众极高的热情长达25年之久，我十分担心现在这个不愉快的事情会导致澳大利亚集邮界面临死亡的境地。如果集邮的需求量和价值大幅度跌落，这样的情况一旦发生将会是一场灭顶之灾，到那时候，可能需要花很多年的时间去挽回。"

罗斯布鲁姆是一个非常重要的人物，而且也确实是澳大利亚集邮界的"老前辈"。早在1922年，也就是袋鼠邮票发行的9年后，他出版了《澳大利亚邮票》一书。

他在那本书里讲述了每枚邮票背后的故事，为什么要用那种图案，还有印刷邮票的一些细节。没事的时候，读上一段，余香满口，俗中添雅。

他是第一位真正研究澳大利亚联邦邮票的集邮家，被公认为集邮界的权威。他的手册经历过7、8次再版，他去世后还不断再版，不断售罄，最后一版印于1968年。一本书能不间断地印刷长达50年之久，简直是一个奇迹。他于1973年去世。

同时，他还是一位活跃的集邮记者，他经常给《澳大利亚邮票月刊》和一些海外的集邮杂志，主要是英国的杂志撰稿。只要是关于集邮界发展的事情他都写。然而，他是一个以脾气臭而闻名的人，他不能跟别人好好相处。

看到他的论点，心里真是五味杂陈。一开始，我还在控制自己的情绪，可是，后来我发现情绪实际上等同于一头怪兽，你越要控制它，它便越反抗，事实上有些话不得不说，那就说吧。6月17日那天，我给他写了一封公开信，发表在《集邮新闻》上面：

你发表在《澳大利亚邮票月刊》6月刊上面的信大部分都与事实有出入，我不能相信这样一封信是写于1970年。当然了，我知道你不是认真的，其实，我们在每个环节上都有邮政的许可。不知道你有没有注意到邮政总局以下的贡献和改革：

在每个州都设立集邮局；

开展澳大利亚海外领地和其他海外国家新邮票的销售；

同意为集邮者无名址的信封加盖邮戳；

准备袋票，尤其是为集邮收藏者；

出版新邮预告；

邮政部门员工必须有上进态度，有能力、有头脑操作数以百万澳元的商业活动。

在小全张这件事当中，你指责邮展执委会印制他们自己的官方小全张（得说一下，这些小全张都是可以在邮政上使用的）为邮展提供资金，这也是迄今为止澳大利亚最成功的邮票展览。然而，购买了小全张的集邮爱好者成千上万。现在这枚小全张已经成了世界认可的集邮品。

你担心小全张会给澳大利亚集邮界的名誉带来重创。你必须意识到，像奥地利、荷兰、瑞士这些国家已经制造了类似的集邮品（小全张），他们用这些纪念品，也就是小全张的销售来为那些特殊活动提供资金支持。所有的小全张都得到了集邮者的认可，而且在集邮者中间很流行。

这枚"官方小全张"被澳大利亚最受尊敬的集邮前辈弄得灰头土脸。你和一群专家正在攻击的是一个进步的景象，所以我必须站出来反对。

我个人的预言是，澳大利亚邮票界会因这枚小全张而升温，澳大利亚集邮者的海外形象也不会因此蒙受任何损失。

邮政总局对集邮界抱以开明的态度，他们竭尽全力帮助集邮者，他们不仅帮助在澳大利亚的集邮者，也帮助全世界收集澳大利亚邮票的集邮者。他们因对澳大利亚全国集邮展成功地运作到资金而获得好评。

世界在改变！人类已经登上月球了！我可以以最虔诚的态度，向你提个意见？别批评了，开始贡献吧！

马克斯·斯托恩

我觉得是时候给《集邮收藏》写封信了。在信的回执上，钱伯曼对我说道：我总是愿意把争议事件的各种不同观点刊登在我的刊物上。最后他把信的内容全部发表在1970年7月9日的《集邮收藏》上。

尊敬的先生：

我读过了你题为"邮展小全张过热损害澳大利亚集邮"的文章，觉得很有意思，但是我认为你列出的事实只有一部分是正确的，我觉得你被很多事情误导了，所以我在这里澄清事实。

首先，我必须说明澳大利亚邮商协会作为一个社会团体，其本身跟小全张的发行没有半点关系。只是该协会的悉尼分会的会议上讨论过小全张，而且会议的结果已经在《集邮收藏》上发表了。

你说协会在邮展闭幕后，把剩下的小全张以每枚1.2澳元的价格卖给澳大利亚全国邮展执委会，这件事是绝对不存在的。邮展的摊主们的小全张配额总共是5000枚，后来，从2.5万枚（原本是在邮展上与门票搭售的）没有卖出去而剩余下来的小全张全部都卖给了邮展的摊主，以每枚85澳分的价格（邮票面值55澳分＋门票费30澳分＝85澳分）。

后来那些配额全部都卖掉了，应悉尼邮商分会的要求，我为在邮展中没有租摊位的会员提供小全张，也是每枚85澳分。

我非常乐意在此说明，墨尔本邮商协会会员没有任何一位拒绝他们的配额。至于奥洛·史密斯等三家公司，并没有参与经营小全张，原因很简单，因为他们不是该协会的会员，所以他们没有拿到配额。

不是像外界传言的那样，事实上小全张从来没有按1.2澳元一枚售出，但是奇怪的是，这个数字是我近期打广告准备回购这些小全张的价格。看起来通讯员只看到了事实的一半。

你还提到说小全张的批发价格和零售价格被调整了。我调整了我的出售价格，批发和零售价格在澳大利亚有差异，但是说邮商协会的会员控制了价格简直是荒唐。

说到赝品小全张，就必须说一下，根据史密斯公司负责人出示的陈述声明，他们已经加印了1000枚库克船长200周年纪念小全张，下面是赝品小全张编号：

200张1502号小全张；以下号码每个100张：2473，3256，7785，19648，29628，31143，46938，56231。

需要指出的是，官方小全张的编号是从1—50000。

你还说小全张在各个商家的摊位中都可以买到，这也不是事实。我们的小全张只在官方邮展售票处搭售。

这枚小全张所涉及的道德层面的问题也没有可质疑的，因为这枚小全张的发行是跟邮政总局密切构思、磋商以及配合完成的，而且是完全听从于他们的指令的。唯一从中获得资金利益的机构只有邮展执委会，换句话说，从总体看集邮者才是最大的受益者。

我发现那篇恶劣的文章中公布的数据，只是想说明邮展执委会从小全张的销售中谋取了暴利。我必须纠正这个错误，并明确说全国集邮展得到了总共1.5万澳元，其中每枚30澳分，总共5万枚邮展执行委员会授权的小全张。至于我个人的收益，我只希望我可以看到一小点你帮我算的利润。

至于你高调宣传的"绝望的哭泣"，到现在为止，只有两名通讯员写文章表达他们对加字小全张的反对情绪，但是许多集邮者都高高兴兴地买了加字小全张。这个反对声音和因此而产生的宣传效果只会引起对加字小全张的强烈市场需求。先生们，我对你们的努力，表示最真挚的感谢。

我真的不知道你为什么那么信赖通讯员提供的信息，通讯员看起来好像根本不知道事情的原委，利伍顿从始至终都在展览现场，如果你有机会和他聊聊，你就会了解整个故事。利伍顿还被邀请参加了邮商协会加字小全张发行问题的会议，他知道邮展加字小全张从始至终的细节。

如果说澳大利亚集邮界呈现出病态，而且包括其中的集邮者（是我见过的最活跃的病人），可是没有人真的关心他们如何恢复。事实上，那些"诊断"完全是误导。

马克斯·斯托恩

从容不迫，也是一种战斗力啊！我咄咄逼人的笔触气坏了某些人，他们说我的信"平静中藏着尖锐"、"犀利又委婉"，他们说得没错，那是我做人的风格。最有趣的也最引人入胜的是，钱伯曼在我的信下面发表了自己的评论。他提到一封霍纳泽寄来的信，确认了澳大利亚邮展的组织者确实追加了加字张的配额，而邮商协会并没有购买加字张，只是邮商协会在邮展租摊位的会员购买了额外的配额。除了两位摊主，其余的摊主都以每枚85澳分的价格购买了加字张，协会只是扮演了组织者的角色。协会既没有购买也没有销售加字张，更没有从中获得所谓的2.98万澳元的利润。他的一番话为我洗清了冤情，他还提到协会的会员自然而然会从邮展的销售中获取利润。

最后一篇文章发布在《澳大利亚邮票月刊》1970年8月刊上，那篇文章试图让这场此长彼消的辩论战延续下去。但是，一位名叫聂德的记者写了一篇文章，说目录编辑发现他们因加字张的邮政使用的有效性正处于一个尴尬的位置。"澳大利亚邮政已经表态了，没有任何法律权限来限制在邮票四周的白边上加印文字，而且此事与他们无关。然而事实是，邮政控制加印，而个人在官方发布日期之前拿到了小全张，邮政做的唯一一件事就是没有销售小全张。看起来加印文字的发起人扮演的是邮局代理商的角色，所以目录编辑不能不承认小全张完整的官方身份。"聂德想知道到底为什么邮局被卷入到麻烦之中。

在无可辩驳的事实面前，反对者终于偃旗息鼓了。时至今日，闭上双眼，任凭记忆流淌，加字张的命运尘埃落定，它能为邮展筹集到资金，并造成销售的轰动效应，像画纸上晕染开来的墨迹，衍生出一幅幅别样的画卷。

加字张的风波一度让我身心疲惫，可我倡议发行加字张为邮展集资的做法使我在澳大利亚集邮圈内声名鹊起。其实，那不是机会主义的偶得，而是我嗅觉敏锐、抓住机遇的明证。

《邮票新闻》1971年5月刊登了一则通知，维多利亚集邮协会已经颁布了两个特别奖励：一个给了该会的主席米德蒂奇先生，另一个给了我。我是澳大利亚集邮史上作为一个邮票商获得该协会贡献奖的第一人。颁奖委员会主席霍斯通先生说：

> 自从维多利亚集邮协会创办以来，马克斯作为一名邮票商人，他全身心地给了协会持续性的、道德的、经济上的支持。我之所以肯定地这么说，是因为我是这个协会的基金会代表。马克斯为协会做了他能做的所有事情。在各方面都贫乏的年代，他慷慨大方的资金援助总能为我们扭转颓势。最后，他聪明地解决了集邮展览资金短缺的问题。马克斯为1970年邮展筹集了2万澳元。

14

与中国有关的集邮闲趣

我在"文革"前一直在澳大利亚销售新中国邮票，"文革"开始后我就不能从中国直接进口他们的邮票了，但我确实需要它们。我只好采取变通的办法，那时中国仍向东欧的一些社会主义国家出口邮票，我和东欧国家的邮政有着密切的业务关系，从东欧拿到中国邮票后再转到澳大利亚出售，交易一直持续到"文革"结束。

其实，中国早在20世纪50年代中叶我就同东欧社会主义国家及古巴实行"以票易票"的贸易，讲白了就是邮票换邮票，双方都不动用外汇，那时的外汇对社会主义国家都十分珍贵。

中国改革开放之初，许多出差到前苏联的中国人在莫斯科红场买回来价格十分便宜的中国邮票，那时有许多前苏联人拿着中国邮票在红场向中国人兜售，其中就有"梅兰芳"、"黄山"、"蝴蝶"、"牡丹花"、"菊花"等邮票。当时，这些邮票在中国的价格不菲。

20世纪80年代初，中国邮市一度开始火爆。一些台湾商人得知这一消息后，深入到东欧去购买中国邮票。他们的办法十分简单实用，遇到一家邮票店，就让店老板关上门，把库里的中国邮票全部拿出来，他们一次性的统统买走，然后扬长而去。

听说，只有古巴他们去不了，一是路途遥远，二是不容易得到签证。因此，古巴可能在民间还有中国的早期邮票，甚至像"梅兰芳"小型张那样的珍稀邮票。

我一直在关注中国的市场变化，坚信那是一个巨大的市场。我不敢说那是远见卓识，至少是一种洞察力吧。1972年2月，时任美国总统的尼克松访华，同周恩来总理举行会谈。看见电视里播放两位领导人会谈的画面，我拍红了双掌。美国政府承认中华人民共和国，释放了一个重要的信号，是他们采取的一个十分有意义的重要步骤，这对邮票交易产生了推动作用。在此之前，在美国市场无法得到中国邮票，在美国经营中国邮票是不合法的。

　　我手中有大量的便宜的中国邮票和小型张，都是当时从东欧买回来的，那时每枚也就值几分钱。美国承认中国之后，我突然意识到美国200万人的集邮市场会对中国邮票产生巨大的需求，那是一个多么大的市场呀。那个撞击作用还会影响整个国际市场，美国承认了中华人民共和国，中国的产品，当然包括邮票将不会受到抵制。我手里的中国邮票库存将很快增值，我的中国邮票的生意很快就会生机勃勃。

　　20世纪80年代中期的一天，中国集邮总公司通知我，他们在业务档案中发现过去我们业务联系的档案，那时我曾经是他们非常好的客户，他们非常愿意同我签订代理商协议并指定我在澳大利亚代理中国邮票。

　　时隔不久，我去参加一个国际邮展，第一次见到中国集邮总公司在现场设立了销售柜台。参加邮展的中国集邮总公司代表团团长是刘殿杰先生，他在90年代初成为该公司的总经理。刘先生非常诚恳地对我说，总公司愿意指定我为中国邮票在澳大利亚和新西兰的经销商。他们在澳大利亚的前任代理伊文斯先生由于年事已高即将退休颐享天年。经过短时间的业务洽谈，我与中国集邮总公司签订了代理中国邮票的协议，成为了中国邮票在澳大利亚和新西兰的经销商。从那时起，双方开始了长期的、友善的、互利互惠的合作关系，直到今日。

　　回想起来，80年代访问北京如同到月球旅行，我都不知道我能得到什么？我一个人去的北京，中国集邮总公司的一位官员去机场接我，乘一辆黑色豪华轿车直奔我住的旅馆。在去旅馆的路上，我注意到整个北京城像一个巨大的工地，一切都在建设中。满街的自行车，满街的行人，满街的公交车，人流如织，车流如潮。那时中国人的着装已经开始色彩丰富了，可比服装更丰富的是他们的笑容。那样的笑，充满了真诚。

第一次访问中国时总公司沈晓中陪我参观长城

我一直盼望能到中国大陆销售邮票，亲自体验一下中国的集邮市场。1993年底，我应邀到北京参加邮展，现在依然记得是纪念毛泽东诞辰100周年邮展，地点在民族文化宫，那时的中国个体邮商还不允许在邮政举办的邮展展场上设摊位销售邮票。我是第一位允许在邮展销售邮票的外国邮商，那真是一个不平凡的经历。

第二天，我到展场布置好我的摊位，摆放好我携带去的澳大利亚邮票，以及澳大利亚地区的巴布亚新几内亚、诺福克岛、圣诞岛和科科拉岛邮票。暂短的开幕式后，观众入场了。

中国集邮者一点都不漠视外国摊位，我的摊位被挤得水泄不通。然而，我很快就意识到，向中国集邮者出售外国邮票决不是易事，秘密和关键就在于折扣。他们说："不打折绝对不买"，言毕昂然而去。我向他们解释说，我是按面值销售澳大利亚发行的邮票，现在仍可在邮政上使用，因此无法打折。

看见不打折就无法销售的尴尬局面，我一度失望，不过不能看着那些物有所值的邮票销售不出去呀。我马上想出了一个办法，把所有展示出来的邮票售价都提高，然后每位购买者都可以得到折扣，那样我们双方皆大欢喜。中国人总爱说生命在于运动，我说在中国，邮票销售在于打折。看来，打折几乎是集邮销售概莫能外的规律，也是销售制胜的法宝。

参加邮展的泰国邮政专门为邮展发行了加字张，委托总公司在现场销售。当时中国集邮者对泰国邮政发行的特殊加字张还不了解，几乎无人问津，邮展结束前还有大量的加字张没有售出。对我来说无疑是天上掉下来的馅饼。我当时在摊位上售出了很多澳大利亚邮票，手中有很多人民币，当时人民币和外汇还不能自由兑换。我就用人民币买了很多泰国的加字张，带到澳大利亚、香港地区销售，结果我赚了很多钱。

继1995年北京国际邮票钱币博览会后，我分别在1995、1997和2000年到中国参加了在北京、上海和广州举办的邮票博览会。中国的许多集邮者都知道我是一位出色的西方邮票商人，他们争先恐后地来到我的摊位前目睹马克斯。媒体的采访使我更加有名。随着中国在国际集邮市场位置的提高，其他国外邮商也纷纷来到那里。

日积月累，我在中国结识了许多好朋友，在他们之中有许多睿智的经营者，他们关心家庭、孝敬家中老人的态度给我留下深刻的印象。所有这些让我同他们的关系更为密切，对他们更为相信。我在中国有许多职位很高的朋友，他们对待我也像朋友一样。

中国人十分好客，我每次去，他们都要举行宴会款待我。当然，我一定要解释我对饮食控制严格，一般不吃肉和用肉做的食品。他们没听说过犹太教对饮食有规定，听过之后，主人会暖暖的一笑，但用他们自己的方式接待我，他们对待客人十分友善与热情。

与中国人吃饭，你最好使用筷子，如果你用的好，一方面展示了你已经拥抱了中国文化，另一方面你还可以得到很多人的夸奖。宴会上，主人最爱做的事是用公用筷子热情地给客人夹菜，给客人的盘子里夹的菜像小山一样。遇到那种情况，客人千万别觉得奇怪，那是中国人关爱客人的一种方式，客人只要尽量吃就是了。有时，客人的盘子里可能充满了你以前从没吃过或者连认也认不出是什么的食物，以我的经验，客人所要做的就是放心大胆的吃就行了。在我看来不能或不宜吃的东西，在中国人看来可能就是最好的东西。如果那种情况下客人不吃，很可能会显得不礼貌了。

夹菜后主人还感到意犹未尽，还要敬客人酒，一般是茅台，最喜欢说的一句话是"我干杯，您随意"，然后豪爽的、十分有范儿的一仰脖将酒倒进自己嘴里。每看到这一场面，总能激起我心中的涟漪，别人的风俗永远都值得尊重。

在中国，外国人一般在宴会上不给其他人夹菜、不一口干掉杯中酒的"国际惯例"一定要适应"中国国情。"当然，所有的铺垫都是为了引出高潮，当高潮到来的时候，也往往就是结束的时候了。宴会结束前，主人一边说着令对方十分畅怀欢乐的话语，一边建议共同

2004年《我的邮票生涯》一书中文版发行

中文版首发式上我与《集邮》杂志主编刘劲、翻译吴迪

举杯祝两国人民的友谊万古长青！不过，那杯酒是要一口干掉的。

　　我的第一本书《我的邮票生涯》出版后不久，给高山寄了一本，那时他是中国集邮总公司的副总经理。不久，他告诉我，他已经读过那本书了，被书中的情节所感动，他想得到我的授权将那本英文书译成中文在中国出版发行。对于他的要求，我当然赞同，还给了他自由翻译的空间。时隔不久，中国的人民邮电出版社出版了那本书，在中国发行了3千册，销售的利润用在发展集邮事业上。

　　2005年1月9日，发行量200多万份的《人民日报》第八版刊登了袁晞写的书评，题目是"人生的印迹"：

　　　2005年是全世界反法西斯战争胜利60周年，这时回顾那场战争是有意义的。作为一位德国纳粹集中营的幸存者，马克斯·斯托恩先生写了一本自传，向今人和后人讲述自己的往事。让人们记住过去的苦难，珍爱和平的生活。

　　　马克斯是斯洛伐克裔犹太人，战后移居澳大利亚，以邮票经营为业。战争年代卖邮票的微薄收入曾使家人不致饿死。传记名为《我的邮票生涯：集中营、大屠杀、集邮———一位幸存者的故事》，封面上醒目地印着马克斯自制的邮戳，邮戳上有他的名字、故乡布拉迪斯拉发和他的生日，上方还有一排英文："MY STAMP ON LIFE"。"STAMP"一语双关，意为"邮票"，也为"标记"、"印迹"。马克斯多年与邮票为伴，而人生中最深的印迹是法西斯和集中营留给他的惨痛记忆。

　　　在纳粹德国侵占的斯洛伐克，犹太人的命运可想而知。马克斯曾侥幸躲过一劫又一劫，最终还是落入德国纳粹魔掌。他被送到德国萨克森豪森集中营。从进集中营那天以后，马克斯说："留给我的就是大屠杀期间最痛苦的经历。这里只有屠杀和血腥，没有人性、没有尊严。那些持枪的都是野兽，可以不眨眼地屠杀一位母亲、儿童和老人。"近60年后的今天读到这样的文字也让人肝肠寸断。

　　　马克斯告诉后人："我能写上一本上千页的书记录那段经历，但只有实际经历过的人才能相信纳粹德国对犹太民族和全世界犯下的罪行，那种罪行是史无前例的。"

坚强的马克斯认识到在经历了所有的恐惧和亲人被杀害后，生活还要继续，"我不认为每个人都忘记了大屠杀的经历，但我们要学会伴随那些经历来生活"。

今天，中国是我代理邮票的一个最为重要的国家，我也是中国邮政最为重要的海外代理商。高山已经成为我个人的朋友，他现在是中国邮政广告公司的总经理。

我出版的书并不是为了个人得到收入，当我的第一本书2005年被译成斯洛伐克文时，书的销售利润给了犹太文化促进会；那本书的德文版2010年出版，书的出版利润捐赠给了距离萨克森豪森集中营不远的比劳死亡行军纪念馆。

2007年，我的第一本书由武大月翻译成日文在东京出版，书出版不久，译者写信对我说："我们每天收到大量《邮趣》杂志的读者购买这本书的订单，一些读者在读过这本书的第一天就写信说，他们被你的书深深地感动了。"有人说，日本人大都喜欢说客套话。但是，我相信译者的那番话决不是客套。我写的书，只要读者喜欢，我心就飞翔了。《我的邮票生涯》一书在2008年日本邮展上获得文献类银铜奖。

日文版首发式上我与日文翻译武大月在一起

15

家族生意

我结识我妻子时，她也刚刚从德国纳粹的大屠杀中逃脱出来，那时的她对集邮一点都不了解。结婚时，我已经是一个小有成就的邮商了。她第一次接触邮票生意是帮助我组装混合袋票，那种工作是纯体力劳动，处于邮票经营的初级阶段，不需要太多的集邮知识。

我1952年开第一个邮票店时，妻子在晚上来到我的店里帮我擦擦窗户，打扫地板，摆摆橱窗里的销售样品。在澳大利亚开邮票店是我移民后心中的一个美梦，也是将我和妻子连在一起的幸福锁链。妻子总能把邮品摆放得井井有条，把地板打扫得干干净净，那种技能在集邮这一行真是太需要了。

展示橱窗总是集邮者最早喜爱上邮票的开始之地，林林总总的邮票叫他们很快地暗恋上这玻璃窗中的一品一物。橱窗里所散发的不只是邮香还有一种魅力的昭示，好像告知天下人们，你也可以成为集邮者，你也可以畅游在集邮的海洋中，只要你追随着它们。当然，打动人心的还有邮票店门口"叮咚"的风铃声，还真是挺拉风的呢，吸引集邮者进去一探究竟。

孩子们长大后到学校读书，夏娃有整天的时间到店里工作。她喜欢为集邮者服务，顾客也喜欢她。她有极大的耐心，也有人格魅力，她的集邮知识增长很快，邮票店的零售业务主要靠她。她被五彩斑斓的邮票以及那些邮票所代表的国度所吸引，享受着工作带来的乐趣，可她从来不是一个真正的集邮者。

我们一起去参加国际邮展，站在摊位旁销售邮票。我也需要她在邮展期间给我帮忙，她愿意忙碌，真是一名称职得力的助手。能为集邮者服务，开心和满足总是荡漾在她的脸上。参加邮展决不是旅游，因为展场十分忙碌。

当然，我们也时常去旅游，全家一起去昆士兰。白天，我和妻子带着孩子晒晒海边的阳光，如飞鸟一般停在云端，能呼吸到最纯净的空气。夜晚，回到海边的小旅馆，头枕着波涛，好好地睡一觉。

1984年，我们一起参加在以色列举办的国际邮展后，夏娃的腿出现一些不好的征兆，但我们都没有放在心上。回国后，情况开始恶化，后来被诊断为一种沙门氏菌病毒感染，病菌已经转移。不幸的是，病情越来越重，医生为她做了手术。手术时发现，病毒已经转移到左腿的骨头里，用抗生素都治疗不了。妻子住进了医院，在医院治疗了整整365天。后来，夏娃又做了几次手术。

妻子在医院治疗期间，我每天三次去探视一次。每天晚上，我都把工作带到她的病房，坐在她的病床旁，一边照料妻子一边处理白天的一些事务，俨然是一名值班的男大夫。医院对我非常好，非探视时间我也可以走进她的病房，有时我可以在病房呆到晚上10点。

那个场景，感动了医院很多人。有人说我们两人恩爱，我十分理解"恩爱"这个词，就是两个人共同吃苦，能把苦吃出甜蜜的味道来。

与妻子夏娃在一起

夏娃稍微恢复后，又回到了店里，每天在店里工作半天，那时她要依靠拐杖行走。回到了店里，妻子十分兴奋，顾客们看到她回来了自然也笑逐颜开。除非感觉特别不适，她每天都要到店里。

一次她不小心撞在门上，弄伤了胳膊，再一次住进了医院。1995年一个周五的晚上，她在家里准备晚饭，一弯腰，摔倒在地上昏厥过去。

夏娃是一位漂亮、典雅的女性，我为有这样的妻子陪伴一生感到骄傲，孩子们为有这样的母亲感到自豪。

妻子走了。送她时，心里异常悲凉，看她冷冰冰地躺在那里，一个人的灵魂就那样消失了。夫妻二人已经相濡以沫走过了大半生，却又要痛苦分别，原以为还有下半生可以慢慢完成的心愿，可一夜间就阴阳两界了。我总想，相爱的人怎么会如此匆匆离去！病魔怎么就能夺走她的生命，她怎么就这样向死神低头！

尽管中年丧妻，我们还是一个幸运的家庭，能幸福的、全身心的在一起工作那么长的时间。夏娃从1948年开始就一直在店里担任零售部的经理，两个女儿朱迪和露丝毕业后都到店里来工作。我的大女儿朱迪结识了萨姆·西格尔，萨姆是一位特许会计师，我们真诚相处，相互了解。

萨姆的父亲经营一家运输公司，岁数同我相仿的他看上去精神头十足，甚而给人精力过剩的感觉。他同我是多年的好朋友，遂结儿女情缘。在一次谈话中，我建议萨姆加入我的公司。1974年，他被任命为公司销售部经理，现在他在我的公司当半个家。我的外孙女比琳达也在我的公司工作过。

我的一生有很多幸运的事情：从我年轻时就能通过销售邮票养活全家；在战争中幸免于难；遇到我的妻子夏娃；买到了瑞丁的雕刻版样票，还有许多其他幸运的邮票交易，可以说恣意挥洒，高潮跌宕。不过，最幸运的是有一个好女婿——萨姆。

萨姆刚加入我们这行时，对邮票一窍不通，他从来也不是集邮者，我女儿也不集邮。萨姆热爱邮票，他认为邮票能教育人们、吸引人们。萨姆的孙女瑞斯丽和约娜是这个家族中第一批集邮者。

我与晚辈的交流很多，同他们交流我注意把握一个原则，遇到沟通不了的事情，不用生气，也不用较真，有些东西理还乱，扯不清，心平气和的沟通最为重要。

萨姆、朱迪和他们的孙男弟女

萨姆与他的妻子朱迪

我的重孙女长的十分漂亮，两只眼睛弯弯的，唇红齿白的。小时候她们没有多少小伙伴，只能整天抱着一堆童话书发呆。她们也像普通的小女孩一样，会哭会笑会害羞，但是需要面对困难时她们绝对会勇敢。那也一直是我所坚信的：勇敢坚强的女孩是最美丽的。

在学校里无论讨论什么主题，比如：动力、航海或某个国家，她们的答案总能同邮票联系在一起。瑞斯丽还把迪斯尼邮票卖给了学校里的学生，收入捐献给慈善机构。

有些人喜欢把喜悦蕴藏在内心，然而萨姆常常让喜悦显露在外面，他不无得意地赞叹到："老话说大树底下不长草啊，可我的外孙女天生就有邮商的遗传！"

在过去的30年里，除非得病，一般我每天都会到店里工作。多少年了，妻子给我准备一份水果沙拉作为午餐，巧妇能为无米之炊也！那是我一直非常喜欢的一个温情的小细节，也是最世俗的幸福。然后我会吃一块莲牌巧克力，我差不多6个月就要买几百块莲牌巧克力。几年来，我一直买莲牌爱尔兰咖啡，后来感动的咖啡店都给我打折了。

足球是我一生中另外一个爱好，我是马卡比足球俱乐部终生荣誉会员，维多利亚足球协会为我对体育的贡献曾授予我最高荣誉。2000年11月22日，该协会的执行官米勒斯给我写了一封信，承认我是协会中最老的球员。

只要我在墨尔本，每次训练我都不会缺席。我在比赛中受过几次伤，20年前的一次脚伤还让我住了几天的医院。在过去的那些年里，我的肋骨也破裂了几次。尽管如此，我还是愿意和年轻人待在一

THE MAX STERN CUP

Caulfield Park
April 5th 2009
11:00am

The cup game will be followed by a reserves game at 1pm and a senior's game at 3pm.

During the game, refreshments and a bbq lunch and drinks will be available to all.

You are invited to see Max Stern play the opening game on April 5th

Max Stern celebrated his 88th birthday on March 2nd 2009.

Max Stern was awarded the Andy Kun trophy and named the Victorian Soccer Personality of the year

This award was in recognition for his outstanding contribution to Victorian soccer.

Max still is the oldest registered soccer player in Australia.

The North Caulfield Maccabi Soccer Club invites you for a day of Soccer entertainment for the whole family Make sure you bring your kids!

耄耋之年的马克斯在绿茵场上

起，对那些我看着长大的队友们都很欣赏。

　　1990年开始，以我的名字冠名的马克斯·斯托恩杯足球赛都在每年的3月份我生日前后进行。2001年的时候，我还可以上场在两个队中各踢半场。近几年，比赛虽然还举办，我很少上场了。年轻的孩子们有时同我开玩笑："老爷子，脚痒了吧？上场踢一会吧？"我说："岁月不饶人呀！心有余而力不足，又长了几岁，踢不动了。就看你们年轻人的了。"

　　尽管有些孩子我叫不全他们的名字，可他们都是球场上能征善战的骁将，11名主力运动员中有几人是国家队的，还有专业队的球员。

　　多年来，我的身材一直保持的很好，很骨感的，但从不刻意减肥，主要是参加体育锻炼。其实，我也知道减肥在全球范围内已经形成了气候和趋势。我家邻居有好几个20多岁的姑娘，胖嘟嘟的挺可爱的。可是，她们中午就是不吃饭，下午还要练瑜伽。她们不知道，对待饮食态度严谨的人才是热爱生活的人。她们锻炼的目的主要为减肥而不是健身，回味起来多少有点滑稽。她们有句口头禅很有意思："现在，胖是胖点，但将来我们喜欢瘦！"这种说法是不是很诡异？我一听就不同意，胖点怎么了？

　　唏嘘过后，我还是很困惑，长辈是应该把自己的经验及体会告诉给晚辈的。我熟悉的朋友都知道我是一个好事者，但不是一个多事者。也就是经常做好事，但不讨人嫌得那种。所以，我经常苦口婆心外加语重心长地劝说几位胖姑娘："还是吃点吧，否则没有力气减肥的！"她们装没听见，我也没有办法，确实没办法，成长都是单行道。

　　实际上，我一直推崇正常饮食外加体育锻炼，体育锻炼的好处除了健体强身之外，也是减肥的重要手段。可惜的是由于沟通的关系，我无法将这个方法传授给她们，有些遗憾。不过，她们自身也有责任，有道是"为学始知道，不学亦徒然"。

与我的女伴马格达（右二）及两个女儿在一起

16

全国邮票周

1974年初，维多利亚集邮协会秘书长弗雷德·钮费尔德对我说，他们和澳大利亚邮商协会一起建议澳大利亚邮政为纪念万国邮政联盟成立100周年发行航空邮简和相关的邮政用品。

我们赶紧同维多利亚集邮协会联系，让他们推荐一位人选，包括我在内的邮商协会的3位代表共同组成一个团，一起同澳大利亚邮政市场部经理特德·迪奇菲尔德讨论。

会议中，我建议纪念万国邮联100周年活动和主办全国规模的"全国集邮日"或"集邮周"结合在一起。迪奇菲尔德同意我们的主意，建议多动员一些集邮团体参加，比如维多利亚皇家集邮协会，然后大家达成共识，尽快确定具体日期。

我同维多利亚皇家集邮协会的会长约翰·卡通纳讨论，他对此也有兴趣，但是他坚持认为，日期由集邮协会来决定实在是名不正言不顺，应当由邮政提出来，然后邮商、集邮者来支持这项活动。我把意见及时反馈给迪奇菲尔德先生，他答应对我们的建议认真考虑，并征求他上级的意见。令人遗憾的是，意见反馈上去后，却没了下文。就那样，建议被搁置了，唯有耐心等候。同时，邮政发行了一枚"鸽子"图案的邮票，纪念万国邮联100周年。

有过打秋千经验的人知道，要想把秋千荡得高，需要一下一下地加力。不久，我有机会见到了瑞典集邮宣传协会的主席，他给我介绍了瑞典是如何组织全国邮票日的。我把从瑞典了解到的情况言简意赅地向邮政的迪奇菲尔德作了介绍，给他留下了深刻印象。

我无意妄称瑞典的集邮活动搞的如何好，多么有声势，只是想为在澳大利亚推广集邮活动找到一点渊源。迪奇菲尔德让我安排时间同邮商协会、集邮协会共同研究这个问题。就那样，我们把这一设想又向前推进了一步。

邮政最后准备赞助"全国邮票周"。为此，第一步需要在各州建立集邮宣传协会。米德蒂奇先生是维多利亚集邮协会选派的代表，对活动极有热情。一次，我们两个喝早茶，我对他说，你已经当选为新建的维多利亚集邮宣传协会的主席，他得到那一职位只有一票——我的一票，因为选举时只有我们俩人在场。

我联系各个集邮协会的负责人，告诉他们，我们急需在各州建立集邮宣传协会，也给各协会发了好多信，让他们推荐本州对此项活动有热情的人担任各协会主席，同时督促他们起草协会章程。就在我会晤瑞典代表后的第6周，我们就通知邮政，所有的准备工作已经完毕，第一个全国邮票周的活动于1974年9月末在墨尔本举行。

1976年全国邮票周小全张

其实，集邮的宣传活动很早就在世界其他地方开展了，以集邮为中心内容的较大规模的群体集邮文化活动在各国经常举办，目的是为让社会上更多的爱好者了解集邮、爱好集邮、参与集邮。不过，各国集邮活动的称呼不同，有的称为集邮日，有的叫集邮周或集邮节。

国际集邮联1926年卢森堡会议上做出决定，要求每个会员国将每年的某星期日定为邮票节，以促进本国集邮活动的开展，当时有数十个国家邮政响应了号召。为配合集邮节、集邮周的举办，一些国家的邮政部门还分别为每次活动发行纪念邮票。那些邮票目前已成系列，成为全世界集邮爱好者青睐的品种之一。

我理解，集邮节是扩大集邮人口的基础工程。"把集邮收藏的蒜头早早抹在孩子们身上，让他们一辈子都熟悉那个味道。"那是我对集邮节的独到见解。如果我们不从小培养孩子对集邮的热爱，却期盼他们长大后成为收藏者，那是痴人做梦。

我的想法是，为培育更多的集邮爱好者，各国邮政都应向集邮节"投资"，以获取增加大批集邮者来回收"利息"。

为了方便起见，第一届澳大利亚集邮宣传协会的会员都来自维多利亚州。今天，该协会已经在80年代演变为澳大利亚集邮协会，会员来自各个州。他们每个月都要召开一次会议，开会地点经常变化，悉尼、墨尔本、布里斯班以及堪培拉都举办过，邮政会指定观察员参加会议。第一位邮政派出的观察员是弗兰克先生，他也来自维多利亚州，邮政是集邮宣传协会的主要赞助单位和热心支持者。

迪奇菲尔德是我接触邮政中职位最高的集邮官员，他为后来的全国邮票周提供了很多设备，倡导相关的邮票发行。当我把协会的章程交给他让他修改时，他的回答是，我没有修改意见。他写道："我们愿意对马克斯提出的任何推动集邮活动的建议进行讨论。他的头脑中总是迸发出好的想法，他是一位对集邮有着杰出贡献的人，一直在努力培养人们的集邮兴趣，倡导着集邮收藏爱好。他的热情、他的邮识以及他的经营理念给我留下深刻的印象。他对集邮的想法无论对现在还是对将来，无论是对集邮者还是对收藏活动感兴趣的人都有参考价值。"

邮票周的全称是"澳大利亚邮票周"，名头是挺大的。首先定位了"澳大利亚"；其次定位了"邮票"。举办邮票周，旨在为集邮营造氛围，在国内树立起"澳大利亚邮票"品牌的新形象，吸引和招徕更多的人参与集邮活动。

1978年全国邮票周小全张

参观1980年悉尼全国邮展的观众长龙

在悉尼市政厅举办的悉尼全国邮票展览为1980年的全国邮票周画上了圆满的句号，那届邮展是澳大利亚集邮史上最为成功的一届邮展。所有和集邮有关的协会和组织都参加了邮展，邮政也参加了。也正是因为邮票周等对集邮宣传活动的影响，集邮的宣传活动使社会公众对集邮有了更多的了解。

伴随着悉尼邮展的成功，我在考虑邮政有必要鼓励更多的人们参加集邮活动，不管他们集邮动机是什么——为了爱好、爱好和投资各半、邮票经营。真诚希望澳大利亚邮政积极应对外界对邮政发行邮票的压力以及发行邮票容易赚钱的想法，维持住相对比较保守的邮票发行政策。

我清楚，这一想法不太现实，邮票的销售利润要和提前制定的邮票发行计划匹配，这些年我看到的情况是发行的数量在不断提升，那也是各个国家的邮政普遍采取的办法，因为我代理许多国家的邮票，对他们提高发行数量还是心知肚明的。

1978年3月8日，我收到堪培拉内务部寄给我的一封信，我被聘请为艺术品税收征集委员会的注册评估师，我负责评估的类别主要和集邮有关，其中包括澳大利亚联邦、大不列颠、欧洲的集邮品及全世界的邮集。

我的名字被列入注册评估师名单之中，只要有人提出请求，我们就会为人家去评估价格。我的评估师的资格到1979年6月30日前有效，到期可以继续提出申请延长任职时间。评估时，我们要随身携带一个评估表格，上面列着出品人姓名、评估品描述、评估品的材料、尺寸，评估品的真实性、参考的证据，需要支付多少税等。那个评估师的称号在我的头上一直戴了3年，后来我决定不申请延长了。

17

钱币生意

雷·朱厄尔是墨尔本中东花园饭店的老板，早先是一位著名的集邮家，我的好客户。雷是澳大利亚最为著名的钱币收藏家，他衣着朴素，并没有收藏家的范儿，也许是洗尽铅华之后的本来面貌，或者受了收藏风气之严谨的熏陶。

他原来也集邮，后来把自己的邮集全卖了，为的是集中财力和精力从事钱币和纸币的收藏。很快，他就拥有了澳大利亚的钱币和纸币中最好的收藏品。

不久，他向我展示了他在钱币方面的收藏品，并说他想把那他的钱币藏品卖给我。我同意，但有一个条件，就是帮我开发这个收藏业务。

雷比我了解钱币和纸币，第一枚钱币可以追溯到几千年前，而第一枚邮票是1840年5月发行。雷同意帮我销售他的那套钱币收藏品，开始在我的店里工作。起初，只想干半年，可是最后持续了20年，直到1992年他去世。

雷成为我钱币收藏的挚友，他钱币方面的收藏知识十分丰富，令我惊讶不已，自叹弗如。因此，他工作之余，总是不停地向我灌输他的钱币收藏知识，直至讲到深夜。我疲倦的在他的面前睡去，进入暂时的美梦之中。当我第二天醒来，我的钱币收藏知识仿佛增长了不少。我清楚，人有时是需要点拨或指引的，特别是那些自己不熟悉的领域。

我后来问过雷，为什么放弃了集邮、集币收藏？他不无感慨地对我说："我前半生因为一直忙着赶路。或者说，像是一头在赶路的马匹，在重压之下不断向前，很少有空回头看。人老了，当有闲回头看时，过去的景色影影绰绰，不那么真切了。现在需要静下心来，轻轻闭上眼睛，体味那几十年来收藏的味道。"明白了，他只是想享受收藏的过程！

成功的人不是赢在起点，而是赢在转折点！起点可以相同，但是选择了不同的拐点，终点就会大大不同。1966年，澳大利亚推行十进位制货币制度，雷和我都认为那是个商机，我们决定到别的州去，开始了我们购买十进位制货币之前发行的钱币之旅。我们确定的第一站是珀斯。

珀斯是西澳州的首府，是一座充满活力的城市，阳光和海洋是她的地标，城市的背景永远都是蓝天，平时连飘啊飘的云朵都难以看见。尽管珀斯的地理位置偏僻，却因为拥有著名的珀斯造币厂而远近闻名。

我们在当地的报纸作了广告，通知公众可以带着他们手中旧硬币、旧纸币到皇宫饭店来评估其价值，也可以出售。那一举动带动了人们对于钱币的收藏热情，我们只好雇用警察到珀斯的海依街维持秩序。连续3天，饭店外排了两排人，延续100多米，带着他们从购物袋里、储藏罐里及箱子底下翻出来的硬币和钞票。雷和我一直工作到第二天凌晨3点，收集到大量的硬币和钞票。

雷·朱厄尔和我与出售旧钱币的收藏者

1966年8月，雷和我的一位助手克利夫又到塔斯马尼亚州，他们如法炮制，取得了相同的效果。不久，在雷的建议下，我从阿德莱德的海格利那里购买到一套澳大利亚最大的钱币收藏，我们派了两辆武装押运的小车将钱币运回墨尔本。那是我在钱币上最成功的一次生意，约占我生意额的一半。从那时开始，我开始重视钱币的经营。

市场是一个当代收藏品的试验场，我相信那不是一句夸张的话。而能够亲身在那个实验场中去观察、去思考以及参与对我而言是非常重要的，也是幸运的。多年来，收藏一直在被拓宽，被改变，被收藏者作为记录历史的方便手段，那也正是它值得收藏的原因。

经营任何一种收藏品不仅仅是技巧问题，也是社会的、现实的、个人的问

出售旧钱币的长龙

题。在经营中我发现纪念章也是钱币收藏的一个领域，其中包括军队的纪念章、公务员奖章、英勇勋章以及纪念某些重要纪念日的徽章等。

我们说，币的主体是钱币，钱币自然是钱币学研究的主要对象，但是，钱币不是币的全部，纪念章也是币的一部分。那是因为，纪念章和钱币在收藏上有很多共通的地方。特别是由造币厂设计生产的纪念章，与钱币有着渊源的关系，因为它们拥有共同的设计师、共同的雕刻家，甚至是一样的操作技术，大致相仿的工艺流程，所以造币厂设计生产的纪念章和同时代的钱币诞生于同一个母体，它们之间的手足之情、血缘之亲不言而喻。

从收藏意义上讲，一枚好的纪念章，或许更能比较充分地反映那个时代的钱币文化。因为，它可以突破钱币设计生产中的很多条条框框、清规戒律，设计人员的思想可以更加解放、更加活跃；表现的手段可以更加灵活多样，技术运用可以更加充分，甚至淋漓尽致地、不受任何拘束地去探求、去创造。

对于面积比较大的纪念章，设计者、雕刻者可以拥有更加广阔的用武之地，他们的观念和技巧、风格和情操，可以在这里得到更加完美表现，更加充分的发挥。一般纪念章的发行量都比较少，所以对于造币厂来说，纪念章是小生产，是试验田，是练兵场，先进的生产技术可以在纪念章上试验、实践，成熟后再推广到钱币生产中去。

对于那些数量极少、档次很高的纪念章，在操作工艺上，更可以精雕细琢，反复锤炼，不惜工本。从这个意义上讲，高水平、高质量的纪念章又是钱币文化的开拓者、先驱者。

所以不研究、不了解纪念章的情况，也不可能对当代钱币会有更深层次的认识和理解。当然有很多纪念章是民间制作的，工艺水平、制作程度良莠不齐，甚至有的粗制滥造，不堪入目，应是另当别论。

1979年，我购到一枚印度的马哈贾坡之星，一枚极为罕见的勋章。那是1843年12月29日东印度公司授予约翰·托马斯上校的，用于纪念马哈贾坡战役。那枚勋章的材料取自那场战役中缴获的印度枪支。12年后，托马斯上校返回澳大利亚后指挥了平息由于淘金热引发的尤里卡栅栏叛乱，在战斗中很多士兵都佩戴勋章，有可能托马斯上校当时也佩戴了它。

我花了4千澳元买到的那枚勋章，我毫不怀疑地认为把它摆放在柏拉瑞特的疏芬山的黄金博物馆最为合适，因为尤里卡栅栏叛乱就发生在那个地区。

1979年4月25日，我十分高兴地将那枚勋章赠送给了那家博物馆，摆放在它的最大展厅作为永久陈列。现在，那枚勋章如若出售，售价至少50万澳元。

Rare medal for Gold Museum

● At the presentation of the Maharajpoor Star yesterday at the Gold Museum were, from left, Mrs Jessica Simon; curator Mr John Reid; board member Mr Allan Nicholson; senior vice-president of the Ballarat Historical Society, Mr Gerard Jensen; nuismatic consultant Mr Ray Jewell; Mrs Max Stern; donor of the medal, Mr Max Stern; president of the Historical Park Association, Mr John Hayden.

我与妻子（右三）、雷·朱厄尔（右四）在赠送仪式上

我赠送的那枚勋章

18

邮票火爆的年代

上个世纪70年代，澳大利亚邮票开始火爆起来，最高峰是1980年。当时，所有的收藏项目都火爆，经济学家的分析是和70年代的通货膨胀有一定的关联，大家都不愿把钱存到银行，所以，他们就将钱投入到邮票和其他收藏品上。

人们敢于用大把的钱来买澳大利亚邮票，还要感谢邮政制定的回购邮票政策，保证以面值的90%回收新票，不管集邮者保存多久。人们购买邮票就有了信心，因为风险只有10%。

那时，大量的业余集邮者到邮票市场进行邮票交易。他们什么都买，首选买澳大利亚邮票，然后保存一段时间，待邮票略为升值就卖出去。许多邮商在集邮杂志上做广告时都心存困惑，价格不好确定，没等广告刊登出来，要销售邮品的价格已经升了。邮政制定的回购邮票的政策后来也无法执行了。

1980年9月，悉尼集邮展览期间，我偶尔遇到邮政的一位档案保管员理查德·布瑞肯，当时正逢集邮最为火爆时期，他当时收藏了许多澳大利亚邮票，一直没舍得卖出去，就把那些邮票放到一边了。1980年8月，他知道他的那些邮票随便找任何邮票店里的邮商都可以轻而易举地以1千澳元的价格销售出去。

在邮展期间，理查德在我的摊位旁遇到我，表示出对邮市的担忧，就在他内心有些翻腾的当口，我一边忙活一边说，我已经嗅觉到了市场趋于疲软。后来，他对我说，我的意见使他有所警觉。他说："犹太人的智慧不可低估。马克斯之所以那样说，一定是有道理。"邮展结束，他回到墨尔本拿着那些邮票直接去找邮商，邮商犹豫地说："这些邮票太多了。" 前后不过几天的时间，他整个人就懵了，理查德意识到邮票火爆的局面过去了。面对沮丧的他，我也只能宽慰他。

邮票炒作在集邮经营中并非最佳之境，纯属投机行为，容易引起邮票价格的混乱，但作为一种邮票经营现象确实在许多国家都出现过。

如今，许多老邮人对邮市高潮时的场面仍记忆犹新。每一次炒作狂潮来临，邮市爆棚，几近疯狂。眼前只是邮品狂炒，钞票漫卷，而邮票价格却被严重扭曲。其结果是少数投机者赚了钱，大多数中小户资金被套牢。在这样的混乱形势下，使得那些真正的集邮者远离了市场。

由于当时投资渠道较少、文化活动单一，邮票自然成为一部分人的投资品种。那时候，人们还没有股票、房地产、期货等概念，也没有收集古董、书画等习惯，银行利率又低，所以集邮就成了当时惟一可以投资的行当，'集邮可以发财'的思想迅速在人们中间传播开来。

看到邮票能赚大钱，越来越多的邮商进入到当时的邮市当中，集邮者人数也迅速扩容，带来的直接影响就是邮票的价格越拉越高。其实，那样的邮市极其不正常。因为真正爱好集邮的人不可能去卖自己心爱的邮票。在他们心里，邮票就像是自家的孩子一样，是心头上的一块肉，不到万不得已，或生活难以为继的时候，是绝不会卖邮票的。但那时的邮市占主要地位的并不是集邮爱好者，而是商人与投机者。

邮市炒作，再加上盲目地扩大发行，带来的直接影响就是邮票的价格低于其价值。邮市冷了，最终受损的不仅仅是集邮爱好者，还有邮政部门。

面对邮市随时都有可能出现的炒作现象，我要说：警惕呀，我的同行！

19

顾客、邮票和市场的变化

很多年里，我多次给人上过集邮课，授课的内容有印刷技术方面的，有集邮知识方面的，还有邮票生意方面的。多年来，澳大利亚邮政在一些人口稠密地区的邮政局指定一些集邮官员负责集邮事务。

我经常被邀请去给他们上课，我的课很受欢迎。因为，我的课尽可能做到以下原则：一是言传身教，介绍我的集邮经历；二是少讲道理，多讲故事，当说书的，不当教书的；三是是放下身段，能唠白话就不讲术语，尽量涉及集邮的基本知识，因为那些人服务澳大利亚集邮者的基本群体，把专业集邮知识转换为社会文化常识，把集邮知识扩增到邮政员工中去，他们肩负着为集邮者服务的职责。

一般第一课都是教给他们在集邮柜台前如何辨认客户。

在集邮柜台前，一般要遇到三种客户——集邮家、普通收藏者和投资者。集邮家是特殊的收藏者，喜欢动脑子，他们不仅仅收藏邮票，还了解邮票背后的一些事情。例如，邮票设计的相关情况、纸张、齿孔度数等。他们还要了解邮票的过桥，喜欢购买位于角上的四方连，喜欢邮票形状的变化；他们总会提到背胶的不同、齿孔度数的不同，特别关心邮票上的每一个小细节。

集邮家需要镊子、放大镜、量齿孔度数的尺子和水印检测器等基本工具。他们一般都购买高品质的集邮册，将邮票小心翼翼地保存好。

自然，他们会根据自己收藏的专题选择集邮目录。同普通收藏者和投资者不同，集邮家购买邮票目录是为了提高自己的邮识、享受集邮的乐趣，他们还会逐渐建立起自己的集邮图书馆，为丰富自己的藏品做好准备。

集邮家喜欢从目录中了解自己藏品的价格,不过,很多早期出版的邮票目录现在已经不再版了,收藏者热衷于从拍卖会上获得邮票的价格。

集邮家既从邮政购买,也从邮商处购买自己需要的邮票。他们把那些邮票作为自己收藏的基石,无论收藏者、投资者把它们的价格炒的多么高,他们都不出手。集邮家把自己的一生都贡献给了爱好。他们是作家,也是展示者,那种持之以恒的爱好来源于纯洁的欣赏。集邮家有时有点自负、有点傲慢,但是他们在收藏上以我为中心的想法可以持续很长时间,所以人们有时会认为他们很傲气。

普通集邮者是业余爱好者,他们并不需要丰富的集邮知识,喜欢什么就收藏什么。他们在集邮柜台上,也许就买一枚邮票、一个四方连、一个首日封或者一个袋票,他们是比较容易对付的顾客,但是你会发现他们很有欣赏能力,他们的爱好就是一种爱好,从不把它当作自己精神和财政上的负担。

普通集邮者是纯正的爱好者,给他们施加压力是不明智的。如果他们自己觉得对收藏活动应该更深入一些,他们会主动多收集一些藏品或向哪个专题努力。当然,这个过程是缓慢的,不是一夜之间形成的,因为在市场中寻找到他需要的藏品是需要时间的。如果给他们压力过大,他们对藏品喜爱的活动可能终止,或者发现财政负担过重,经济能力承担不起,他们会对收藏爱好失去兴趣。

没有无缘无故的收藏。即使是收藏邮票也是有条件的,严格说来是理性的。什么邮票值得收藏,什么邮票不值得收藏,需要不需要落实为行动,可否花大价钱购买这份收藏,都不是纯粹的冲动可以解释的。任何一位集邮爱好者都不愿意承认他们的收藏是随意的。

既然收藏是有限的资源,又是理性的选择,就存在一个严格的收藏预算约束。拿出多少钱、收藏什么样的邮票、和什么样的人交换等等,都是配置资源时应该考虑的内容。

收藏的基本效用有两个:懊恼与欢乐。通常的状态下,一半是懊恼,一半是欢乐,就是收藏的内心效果。不同的收藏心态,懊恼和欢乐的配比也有所不同。很多人为不应收藏或失去的收藏的邮票懊恼,很多人又为拥有了值得收藏的邮票而欢乐。

第三类是投资者,他们出现于上世纪70年代,也是集邮市场出现的一种新现象。你可以叫他为投机者或者"后院邮商"。这几十年,人们经常可以遇见他们。他们在邮票刚发行时，就大量囤积，然后待价而沽。

投资者最大的兴趣是利润，他们从邮局买来邮票，从邮商那里买到集邮手册或邮票价格表。他们的邮识是肤浅的，只是对新邮比较了解。他们交易邮票有点像人们在股市上的交易，如果他们投资邮票得到了回报，也能促进邮市的繁荣。

"后院邮商"对扩展邮商队伍有可能是帮助，也有可能是阻力，这取决于他们的态度和理念，那些业余邮商是真正邮商队伍的新鲜血液，一些年轻的投资邮商极有可能真正加入邮商的行列。

上世纪70年代后期，一批新兴的投资者企图垄断邮市，他们有钱，也对邮市有深入的研究。他们研究市场的潜力，分析炒作的可行性。他们把注意力放到短腿票上，放到带边的四方连上，那些都是难买的邮票，他们买到后就等着升值。他们把股市的炒作手段带入邮市，感兴趣的只是赚钱，短线炒作，一般5年，那些人都赚到钱了，但后来对邮市危害不小。

一般情况来讲，市场环境受新兴势力的影响。上世纪80年代初，真正的集邮者享受了一段市场稳定期，但随着投资者、投机者的介入，市场价格起伏不定，使得收藏者、新邮商们极为不适。他们期待着邮票价格螺旋式上升，还有一些人坚信，邮票价格只朝着一个方向走去，那就是上升。当然，那只是一厢情愿的事。

总之，邮票市场有3种势力存在，一是新老集邮者须臾不肯忘怀邮票，新票买老票也要，说明邮票对他们还是有相当吸引力的；二是一些以投资保值为目的的集邮者仍和往常一样惦记着邮票；三是觊觎市场变化的炒作者也没有完全离开集邮市场，对于这些炒作者来说，邮票的吸引力不仅没有减弱，反倒大大增强了。

例如，上个世纪70年代中期，邮市上对过桥邮票需求旺盛，一些邮商推波助澜，在邮市上打出广告说，一张带有过桥的邮票是同样邮票价格的3到4倍。在澳大利亚，过桥邮票并没有像邮商们预测的那样攀升的那么快。但在英国，购买过桥邮票的人如过江之鲫，顺流而上，一时间过桥的邮票的价格达到了天文数字。在英国收集过桥邮票成为一种时尚，并漫延到英联邦所属国家。一些发行政策并不严肃的国家借机发行了大量的过桥邮票，赚足了钱。可收藏者对那种"创新"并不买账，收藏兴趣随之降低。

世界上第一枚不干胶邮票是非洲的塞拉利昂在1964年发行的。太平洋岛国汤加和亚洲的不丹也在1969年发行了不干胶邮票。美国邮政从1974年圣诞节邮票开始发行不干胶邮票。不干胶邮票的简单易用和便于携带，使得其发行量在世界各国邮票中的比例越来越大。1990年，澳大利亚邮政发行了不干胶邮票，集邮者不喜欢它，可在社会大众对不干胶邮票很是喜欢，他们发现了"一揭一贴"的优势，对不干胶邮票产生了强烈的需求，他们成为了不干胶邮票的主要消耗对象，每年要买几百万枚。

"一揭一贴"不干胶邮票为集邮者收集旧票带了了诸多不便，主要是不干胶邮票的背面黏度有限，邮票经常会从信封上脱落下来，而集邮家认为，不干胶邮票是邮政发行的邮票，收集时就应该包括在全年发行的邮票中。

集邮界有个传统，大家喜欢收藏带有背胶的邮票。澳大利亚邮政发行的邮票一直都有背胶。上个世纪70年代末期以前，邮票上的背胶大都使用阿拉伯胶，当地有一种树叫金合欢树，是生产阿拉伯胶的原材料，西欧国家都从中东进口那种胶水。后来不久，制作胶水的材料短缺，用在邮票背后的胶换成了聚乙烯醇，一种合成的胶。以色列邮票的背胶选择一种水溶质的、被犹太教认可的一种胶水。

收藏邮票时，用一种胶条粘贴邮票的做法已经没人用了，那是对集邮者收集信销票的一个限制。上个世纪60年代后期，使用那种胶条的人比较普遍。后来，人们推崇邮票背面没有被那种胶条粘过的邮票价格要高出好多。市场上出现了许多新的保护邮票的集邮用品，比如对位的邮票册，活页夹邮票册，就是那种用黑色塑料制成的护邮袋，根据邮票的尺寸，制成不同的规格，透气、透湿的功能都很好。

品相是辨别盖过戳邮票品质的标准，是直接影响邮票收藏价值的重要因素之一，"上品"说明邮票的品相很好，从集邮的价值上讲几乎没有瑕疵。如果仅有一个角上的齿孔在从整版邮票上撕下时有点短，也可以叫做上品。邮票纸薄应该是重大瑕疵。

19世纪，用于印刷邮票的纸张都是手工制作的，因此，邮票的纸张薄厚不匀。还有的邮票是从信封上揭下来时变薄，那些邮票由于存在瑕疵在价格上会大打折扣。一枚价值200澳元的邮票由于轻微的折痕或者撕坏了，就只值2澳元。我总是在胸前配备一只镊子，从来不用手触摸邮票。邮票，特别是珍邮放在你的面前，举手投足都大意不得。

"普票"是为人们日常用邮发行的一种邮票，这种邮票一般都要使用一段时间，直到邮资资费发生变化。"纪念邮票"是为了纪念某个事件发行的邮票，一般销售半年至一年就有可能售缺。澳大利亚邮政发行的邮资为十进位制的邮票都是有效邮资。

1984年，邮资机在一片欢迎声中被引入澳大利亚，人们只要把硬币塞进机器里，就能为你要寄出的信件、包裹事先打好邮资条。邮资条上的面值可以是1澳分，也可以是其他面值，你只要按机器上的键盘就可以打印出来。那些邮资条由于被集邮者诟病为"无法收藏"，难于编辑在目录之中，因此，收藏者的兴趣大为减少。邮资机现在在欧洲很多国家还在使用，可是在澳大利亚已经在2003年停止使用了。

"捆票"（把邮票从信封上揭下来，100枚捆成一摞）要比"称斤票"（邮票贴在信封上或贴在信封的一部分）。但是，现在称斤票更受欢迎，原因是称斤票上能发现一些有趣的邮戳。再重新使用那些已经在邮政系统中使用过的邮票是违法的，即使在邮寄过程中漏盖了邮戳的邮票也不能再用。任何一位有信誉的收藏者、邮商都不屑那样做。

一次，墨尔本的彭特里奇监狱的牧师找我，让我去见监狱中的一伙囚犯，教他们如何将信封上的邮票揭下来，就是将邮票浸泡一段时间，再把浸泡下来的邮票晾干，捆成一摞。牧师的想法是让囚犯们消遣狱中的时间，我也很愿意帮牧师那个忙。他们干了几个月，后来发生了一个囚犯越狱潜逃的事件，狱方停止了那项活动。我记不得了，给了他们多少钱，但我知道钱是不直接给囚犯的。

一些待在家里干家务的老年人也愿干这种工作，干起来乐此不疲。在一些欧洲国家，有些老年人就干这种工作。还有，在匈牙利的邮票交易行大约有120个家庭工人在干加工邮票的工作，他们大部分人是领取养老金的老人。

早晨，一辆大卡车把要加工的邮票材料卸下，下午又开车来取已经加工好的产品。很早前，我在墨尔本有两位来自欧洲的朋友，他们和自己的小孩刚刚移民澳大利亚，适合干这工作，他们一做就是好多年。

邮商向集邮者提供各个国家发行的邮票，他的客户也五花八门，有专题邮票收藏者、首日封收藏者、邮政用品收藏者等，我还可以列出很多。当然，最基本的需求是镊子、放大镜、量齿尺，还有更为重要的，集邮者还要具备好的眼光和好的记忆。

大部分邮政当局已经认识到，迎合集邮者的喜好是他们潜在的利润所在。所以，集邮咨询团、集邮柜台、邮政博物馆如雨后春笋般的出现。在澳大利亚，我们有澳大利亚集邮协会，他们在各州开展各种各样的集邮活动，澳大利亚邮政、邮商和集邮者都十分踊跃地参加。

对于这个群体，无论是集邮局还是邮商所要付出的是"耐心"。有些人知道集邮活动可以帮助他们放松身心，但不知道如何开始集邮。这些新入门的人确实需要有人来教，来帮助。其实，只要是在合适的时间、合适的地点，通过一个小小的鼓励就能让他们感到收藏的乐趣，就可以让他们的收藏活动持续好多年。

经验告诉我，与这个群体最有价值的联系，是为他们提供机会让他们多了解集邮知识。我得坦率承认，我的那些集邮知识也是在这些场合学到的。我的集邮知识一般，不能和集邮专家们相提并论，因为他们在集邮上花的时间更多，读过大量的集邮专业书籍，了解更多的集邮专业知识。最好是能和那些人在一起聊，而且，我也发现了，那些人还真愿意聊。

要知道客户的脑子里在想什么，计划要买什么。他们经常有一些聪明的想法，有时也有愚笨的主意。有一点我很清楚，对待客户绝对不能以貌取人。一天，一位先生进了我的店里，他带着一个老式军帽，穿着一双空前绝后的凉鞋。他一进屋里，就四处打探，微笑地点头。我对店员说："完了，麻烦来了！"我们俩在谈话时，我很快了解到他对邮票为什么感兴趣，同时也为他的丰富的集邮知识所折服。他一共花了几百澳元买了许多好邮票，那真给我上了一课。

有了那个插曲之后，我在给客户推荐邮品之前，都要仔细了解一下他们的集邮背景和集邮兴趣。正如我经常挂在嘴边上的一句话："在这个行当里，每天都会发生让你意想不到的事情！"

在澳大利亚，集邮的出版物有很久的历史了。早在1887年，集邮杂志月刊就已经有了，主要有两种月刊，一种是由邮商们出版的，内容大都以邮票价格为主，印刷出来后，发给他们的客户；还有一种，就是《澳大利亚邮票月刊》，1930年出版，它同邮商们发行的刊物不同，除了邮票的价格之外，有大量的邮票知识，远比邮商们的刊物拥有更多的读者。因此，许多邮商在那本刊物上做大量的邮票销售广告。

近年来，由于互联网上的广告的影响，集邮刊物的作用在降低。集邮者是通过集邮刊物获得一般的集邮信息，它的商业作用大打折扣。邮商与收藏者之间的关系最为显著的一个变化，就是现在的许多订单是通过互联网来订购了。

然而，仍有许多集邮者还是愿意光临邮票店，并不是想亲自体验购买活动，而是为了听建议，了解信息。我有一位老客户，几乎每周都到我的店里来一次，来看看店里有什么新东西。当然，他也可以通过互联网了解，但还是愿到现场和邮商零距离接触。

很多集邮者喜欢收集某一个国家或某一个专题的邮票，也总愿意买新邮票。近些年，一些国家邮政当局也热衷于发行一些专题邮票，例如，鲸鱼、海豚、电影明星、著名歌手和体育名人。

英国皇室专题有很多拥趸者，戴安娜王妃和查尔斯王子结婚后，王妃成为各国邮票"上票率"最高的人物，英国皇家邮政也经常发行伊丽莎白女王的邮票。

需要特别感叹的是：当我从事邮票生意之初，我发现女性集邮者数量不多。可是，近些年我注意到在收集专题邮票方面，女性集邮者的数量一点不比男性集邮者少，皇家专题是她们收藏的首选，其次是狗、猫、花、鸟和其他专题。年轻的集邮者喜欢船、飞机和足球专题。集邮者喜爱的专题现在都没变，年轻的集邮者还是有一些，但是数量明显减少了。

2009年以来，集邮市场中的"冒险"投资者有些减少，他们转行到股票市场或投资到不动产。好些人把自己的退休金用在购买"稀罕"的邮票上，这也多少推动了市场。无数的澳大利亚大买家专门购买稀罕邮票，他们把这推崇为一种最为安全的投资方式。

普通集邮者的集邮市场被稀罕邮票市场所替代。买家现在手头拥有的资金让人望其项背。他们追逐那些稀罕邮票持续20年了，而且现在还在追逐。稀罕的澳大利亚邮票几年前售价只是2千至3千澳元一套，现在价格攀升到1万至2万澳元一套，市场内的买家很多，我无法将那些邮票一直保存在库房里。然而，普通集邮者也在想丰富他们的收藏，那也是为什么新邮也十分受欢迎的原因之一。

出口到亚洲、欧洲的生意在我的生意中占了很大的比例，大部分客户是邮商。在过去的10年，我的生意在亚洲增长最快。

20

藏品与收藏

另外一种踏进你的邮票店靠近你的柜台的客户是销售自己藏品的人。他们有很多理由，有的人是因为手头突然拮据，面对入不敷出的窘境，就得减少支出，由此首先受害的就是他的收藏活动。人们往往总是先把藏品卖了。经常见得到，一些收藏者不集邮已经好多年了，突然有一天想起了自己的老藏品，觉得自己的藏品那些年一定增值了不少。也有些人是因为身体的原因放弃了集邮，比如，一些老年人由于年事已高、眼神不济而放弃了集邮。

一些收藏者去世后，他的继承人对先人留下的藏品一窍不通，就想通过邮商把藏品给卖了。死者安葬后，他的家属一天几次地跑进我的店里。我经常感叹，收藏家辞世，后继乏人。他们的后人经常对藏品的价值给予很高的期望，却没有一定的主见。还有很多人显然是好奇心并未全然泯灭，只是因为发现在一个老信封上有我的名字，就揣着藏品进来找我了。

我在澳大利亚经营邮票长达60年，见到过很多惊喜与失望。例如，一个人带着一个藏品进来，希望可以卖到100或200澳元，也可能突然知道点什么情况后，又开价几千澳元；或者情况正好相反，不要那么多钱了。他们判断藏品价值的标准就是，藏品中有一个大信封或者里面有一些老邮票。

还有更精彩的。我遇到过一个从乡下来的人，提着两个手提箱，里面装满了邮册和首日封，他以为自己手中拎着的都是财宝。期待手中的邮票是意外之财，当我翻了翻那些藏品后，斩钉截铁地告诉他，"你的藏品不值钱。"对方直愣愣地看着我，心里凉了半截，嘴上还跟我对付："老板，您老一辈子火眼金睛，怎么第一次走眼就走到我头上了？"　好在整日和那种人打交道，我摸透了他们的脾气秉性，跟他们交底就得直来直去。于是，我笑咪咪地答到："这位先生，不用恭维我，你的藏品确实没有一点商业价值，我没有兴趣购买。"然后他自己安慰自己说："我再到别的邮票店看看吧！"

那样的事情发生过多次，我不免有些尴尬，人家很可能怀疑我在欺骗不懂集邮的人。可真实的情况就是他们根本不懂邮票，不懂他手中邮票的价值。我从没有欺骗过任何人，因为我把信誉看的比生命还重要。我心里十分清楚，不能那样做，蒙骗客户的同时也是玷污了自己的信誉。

来我这里评估邮票的虽多，但珍稀品本身确实是孤独的，也应该是孤独的。那些人确实不知道，不是值钱的藏品都放在集邮册里保存，有时珍罕品会被主人夹在一个不起眼的小书里保存。

其实，评估这行也不是想说啥说啥，想指哪就打哪。博学多识，不断充电，自我加压，也成为这行多年的一种自觉行为。我对死者集邮遗产的评估都是免费的，除非要遗嘱认证的证明，或寻求其他法律文件等原因，那种服务有一个固定的价格。

由于邮票的发行历史晚于钱币，我差不多对每枚邮票的发行情况都了解。在墨尔本也有几位，主要是拍卖师，也可以像我那样评估价格，但速度没有我快。几乎每天都有人带着想要出售的邮册到我的店里让我掌眼。很多人以为我会漏看了他们的珍品，因为，我翻阅邮册的速度非常之快。其实不然，我只是注意里面的价值较高的邮品和稀罕品。

对于那些投资不大，出于爱好的藏品，即使是包含很多内容的大收藏的评估十分容易。藏品的划分只有两类，一类是出于爱好的收藏，另一类是严肃的收藏。出于爱好的收藏可能会有许多漂亮的邮票，但是它们只是用作"袋票材料"的邮票，一些不成套的邮票，或者几乎都是较低面值的"短腿票"。无论哪个国家发行的邮票，我都会告诉你只要看几套票，你就可以大体估计藏品的价值。

未使用过的邮票，其面值一直有效，除非发生货币更换或是邮政当局宣布它们停止使用的情况。当欧洲大部分国家推广欧元时，所有的邮票在欧元流通区都"不具备有效邮资。"

类似的事情在澳大利亚也发生过，1913年殖民地邮票被澳大利亚联邦的袋鼠邮票所取代，一些邮票停止了印刷，它们很快就售缺了。也许过几年它们的价格有可能翻番，但总体上说，它们不会增值，原因是那些邮票在100年前非常普通，数量很大，人们很容易得到，岁月古而不作古，所以它们没有增值的空间。

世界的邮票市场发生了很多变化，无论我们谈到哪个国家，邮票交易中发生变化时，都会影响整个世界的邮票贸易。

大卫·费德曼，出生在爱尔兰，他拥有世界上最具声望的拍卖公司——位于瑞士日内瓦的富门拍卖公司。他初次去我的店时，还是一个背着挎包20多岁的小伙子。他自小聪明是自然的，不过依我看，那时他就算有光芒，也只是一块璞玉。由于我从事邮票交易，他从事邮票拍卖，我们俩人一见如故，相交甚笃，遂相约同游。

他是一位非常有教养的人，长的像头小狮子，思考的时候总是昂头挺胸的，对哲学颇有些研究。看着他思考的神态不禁暗暗称奇，简直比罗丹的"思考者"还要有深度！

下面是大卫对近年来邮票市场变化的点评，真的富有哲学味：

100年前，集邮是这个世界上最受欢迎的活动，但是现在它风光不再了，影响它的是电子游戏和互联网。那两种简而易行的方式能够帮助人们畅游不同的国家，不再通过阅读来了解那些国家的历史和地理，一切都在改变。因此，传统的集邮收藏就象其他收藏活动的处境一样，熊市低迷。

一般来讲，人们喜爱集邮收藏都始于青少年时代，兴趣使得人们开始收藏，现在就不是这样了。今天，邮票的收藏哲学同100年前相比则大为不同。原来人们的收藏方式是收集全一个国家的老邮票，先从收藏低面值邮票开始，然后是高面值邮票，最后配全整套邮票。收集到邮票后，把它们摆放到邮册中。不过现在收藏形式变了，那种收藏方式只好卷铺盖走人。

这种兴趣的消失影响着整个世界的邮票市场，也对邮票发行的主体邮政当局产生了影响。他们了解集邮者现在只收集新发行的邮票，同时社会公众使用新票的人少了，因为现在很少有人寄信，平常很少有人准备邮票。所以，邮政当局只是为集邮者发行邮票。

世界在改变，而且就在一瞬间。所有这些，对老式的收藏方式都有影响。你会发现，纪念型收藏者到邮展现场只买一份集邮纪念品，以此证明他来过展场了，或者他买一套这个国家的邮票，证明他来过这个国家了。因此，这种购买者也不关心他所购买的邮品是不是有一天会升值，或者考虑他的收藏活动是否继续下去。

实际上，真正的集邮者是要对他所收藏到的邮票进行研究的，他们不仅收藏邮票本身，还有收集和邮票相关的东西。在集邮领域，收藏的兴趣不仅仅是邮票，还有信封、信的寄发地、目的地、邮资以及信件的邮寄线路。那里面有很多故事。

苏伊士运河是一个特殊的收藏，你就要研究什么时候发行的运河邮票，在此之前的普票是什么样子，要找到那些第一次通过运河投递过的信件。再比如，你可以收集在南美飞行的、名为秃鹫的飞机搭载过的航空信件，包括它第一次航行、第二次航行、第三次航行所搭载的信件；它的到达地、它的失事地的邮件；当然，能发现失事飞机残骸中的信件就更为珍贵了。这种收集被称为秃鹫航空信件收藏。

你可以按传统的收集方式收藏一个国家的邮票，假如说，某人收集维多利亚的早期邮票，就要收集各种形状的邮票，收集各种印刷版式、颜色，各种邮票版式，更进一步收集到印刷中出现的各种瑕疵。正是由于那些特殊的研究，集邮才能发展到今天。

在邮展上你可以看到很多，在邮展上最让人感兴趣的不是在那里看到邮商，而是那些参加展览的集邮者，那些拿着自己的展品同其他人比赛的集邮者，他们是为了获得评审员颁发的奖牌而来。那对他们来讲是光荣、是可以传代的遗产、是荣誉、是研究的成果，也是对他们收藏的奖赏。

当他们在收藏研究中取得初步成就后，也许他们会说："我再也研究不出什么了"，或者："发现不了新的东西了"，或者由于家庭的原因、资金的原因、身体的原因，比如自己感觉不适，眼睛看不清楚了，他们就会卖掉他们的藏品。于是，他们就会去找像我们这些人，或者到拍卖行。我们就可以帮助他们找到新的买主，因为他们的藏品中总有一部分，也许是专题、也许是珍稀性适合其他集邮者的邮集。

我们也经常遇到那些作为死者遗产的收藏，经常被邀请到一个"密室"，里面有先人收集的大量的大邮册、书籍等，然后我们就将那些藏品装在我们随身携带的大木箱子里带走，接下来会在一年举办两次的专场拍卖会上拍卖，几组标的价值几百万美元。

大卫·费德曼告诉过我一件他在20世纪80年代中期在珀斯遇到的事情，他在那里遇见一位先生，名字叫威姆·斯密茨。斯密茨刚刚从一位建筑工人手里买到一块"石板"，那位工人是在拆除西澳州大学的石头台阶时发现的那块石板。没想到那是西澳州第一套邮票平版印刷的石板，不知道是谁暴殄天物，把邮票印刷石板当成了石头。孰不知那套邮票不是一般的邮票，是西澳州最为著名的邮票，1855年发行的4便士"边框倒印。"

1900年以前，在西澳州的邮票上，一直印有该州的州徽——黑天鹅。该州1854-1857年间发行的第一套邮票由5枚邮票组成，其中黑色1便士首先发行，是在英国帕金斯·培根公司印刷。其他4枚邮票都是在珀斯以平版印刷的。用1便士印版作印模，都保留中心主图的天鹅，每种面值分别用不同的边框。一位名叫霍拉斯·萨姆森制造了新的石印版，于1854年印出了100个印张的著名蓝色4便士邮票。

1855年1月，该州需要再印一批1便士邮票。当希尔曼从仓库取出印版时，发现有两个子模已损坏。在更换子模时，他将第7排的第4枚子模搞歪了，将第8排的第一枚子模搞颠倒了。

虽然那种邮票是边框倒印，但是当时的集邮者都把那种票看作是邮票图案（天鹅）倒印，还给它起了一个绰号叫"倒天鹅"，那个名字一直沿

"倒天鹅"邮票

107

用至今。

斯密茨委托大卫帮助他寄售那块石板，两个人一检查石板，立刻发现原来并不是邮票中的天鹅图案倒印，而是边框倒印。那是唯一一块"天鹅倒影"石板，可是，在发现之前无人知道是边框倒印。

大卫将那块石板放到在美国芝加哥邮票展览的一个大型公开拍卖会上展示，拍卖目录刚刚出版，一家官方机构代表西澳州博物馆给大卫写了一封信，信中称，大卫的行为已构成了非法出口。那块石板是件国宝，国家对如何处理国宝是有规定的。他们要求大卫将石板从拍卖品中撤出来，归还给西澳州。否则，他们将保留进一步追究法律责任的行动。

"那件事真是让我挠头。"大卫如是说，"我对此作了专门的研究，然后给博物馆回了一封信，告诉他们，石板被鉴定为国宝是完全正确的。然后，我又提到颁布禁止出口类似物品相关法律的日期。我回忆了一下，我离开澳州时，那部法律还没出台。万般无奈之下，西澳州博物馆只好在拍卖会上参加竞标，并拍到了那块石板，不过价格不菲，是13万澳元。那个价格令石板的拍卖者感到满意。"

收集这类珍邮的人，出手一定要阔绰，要有一定的财力，在收藏过程中一些人表现的十分内敛，不显山不露水，但有些人表现外向，显示出竞争的态势。一些人得到此类珍邮是通过公开的方式，比如说，在拍卖会上，喜欢在那里打败他们的竞拍对手。

一些收藏者特别喜欢用极为隐蔽的方式收集邮票。葛万·贝利男爵是英国著名的赛车手，也是他那个时代的名人，他还热衷于邮票收藏，并在上面花费了大量的金钱，但在邮票世界里没有人知道他收藏邮票，直到他去世。

两年前，英国索斯比拍卖行在伦敦举行10场他的专场邮品拍卖会，每项拍品均出版拍卖目录。仅他收藏的新西兰邮票就拍下300万美元，连同其他几场拍卖会共拍得3000万美元。贝利的家庭听到后极为震惊，因为他们也不知道贝利在邮票上花过多少钱。

21

邮票目录

邮票目录对于世界集邮者来说，就是他们心目中的"圣经，"不过要说邮票目录是一种微型的"各国百科全书"也比较恰当。目前，世界上最为著名的邮票目录是英国的吉本斯，已经出版过好多版了；还有美国的斯科特，德国的米歇尔。当然，邮市上还有其他版本的邮票目录。全世界有一系列的特别目录服务于某个专题或某个收藏领域的集邮者。

史丹利·吉本斯是世界四大目录之一的吉本斯目录的创始人，是英国乃至世界邮坛上极具传奇色彩的人物。吉本斯生于1840年，或许是历史的巧合，世界上第一枚邮票——黑便士就诞生在那一年。童年的吉本斯对邮票并没有多大的兴趣，直到他进入药店学徒。此时，一些英国殖民地纷纷仿效英国发行自己的邮票，而邮票种类的不断增多，使得青年吉本斯开始了集邮生涯。

做学徒的同时，吉本斯与许多邮友建立了联系。在交换和出售邮票的过程中，他在经济上也获益匪浅。16岁时，即1856年，吉本斯终于踏上了其集邮生涯的第一步——开办了吉本斯邮票商店。

吉本斯最初的营业场所在其父亲所开设的药店里面。作为一位邮商，同时也是一位集邮家，他很早就很注意集邮文献的收藏。在他所住的街上开设了一个小的集邮图书馆。父亲去世后，吉本斯继承了父亲的房子，但并未子承父业，继续开设药店，而是将集邮商店的店面扩大，成为了一个真正的集邮商店。那不仅是英国，也是全世界第一家集邮商店。

当时，只有通过远洋船才能到远方的大陆，因此，海员也成了吉本斯邮票店的常客。在与海员打交道的过程中，他从他们手中购买了大量邮票，其中不乏珍邮，如好望角三角邮票等。那枚三角邮票是世界上最早的三角邮票，发行于1853年9月1日，也是在好望角开始发行非洲最早的邮票。邮票为三角形，图案是希望女神像，分4种面值。由于吉本斯敏锐的眼光和丰富的邮识，公司的生意也越做越大。

1864年，吉本斯在当时的《集邮者周报》上刊登了一则集邮广告，同时附上了一份邮票的详细目录，那就是吉本斯目录的雏形。1865年底，第一版吉本斯目录出版了，那本仅有16页的邮票目录是世界上第一本专业集邮目录。由于当时印制数量不多，加上近150年时间流逝，目前，世界上该目录仅有2本，一本在大英图书馆，另一本则在一位美国收藏家的手里。

1893年，吉本斯公司搬入在伦敦的新址，并进军邮票拍卖，又于1902年在纽约开设了分支机构。

1913年，吉本斯在伦敦病逝，享年73岁。在其一生中，他为集邮的发展作出了不可磨灭的贡献：创立的吉本斯目录是世界上第一本专业邮票目录，所开创的职业邮票的买卖方法也成为20世纪的邮商们所效仿的对象。

在收藏领域中，无论你爱好和收集哪一个类别，终需对这个类别的范围和内容有一个大概的了解。就说收藏邮票吧，你必须知道：世界上什么时候开始产生邮票？当前每年大约发行多少品种的邮票？最贵的邮票大约值多少钱？最便宜的邮票又是什么模样的？在集邮书刊上，往往会有一大篇文章来回答你想知道的一个问题，但在解答你一个个疑问的过程中，也许你又会萌生出了10个新的问题。然而，在有图有文的邮票目录上，常常会同时满足你在初入集邮之门时多方面的求知之需。

邮票目录主要是为集邮需要而编制的，既有邮政部门编制的，也有邮商编制的。有大部头的综合性邮票目录，包罗全世界曾经发行过的所有邮票，叫世界邮票目录；也有收录范围较小，只记载一个国家或地区，甚至他们在某一历史阶段发行的邮票，为一国邮票目录；还有按照邮票的用途或邮票的图文题材编制的专门性邮票目录。

澳大利亚最著名的邮票目录是由悉尼的七海邮票店出版的，就是那家曾经同我合作过邮票店。还有一种简明邮票目录，彩色印刷。这两种是为了普通集邮者发行的。还有一本邮票目录，共有9卷，叫《澳大利亚联邦特殊品目录》，是为有一定层次的集邮者发行的。邮票目录一般对所有国家邮票一视同仁，凡发行日期、票名、齿孔、水印、印量、纸质、印刷厂等皆有介绍，内容非常详尽。

不用说，邮票目录的售价很贵，而且售价每年都要提高。吉本斯全球版的邮票目录有5卷；斯科特邮票目录有7卷，每卷都有几百页。这两个权威的邮票目录一般按字母顺序收录各国邮票，每套只录一图，资料较为简单。50年前，斯格特邮票目录只有一卷。因为，每年都有大量的新票发行，邮票目录的页数自然要增加。

2008年，一套世界版的邮票目录的价格在200澳元至700澳元之间。德国米歇尔邮票目录600澳元至700澳元一套。目录上的邮票都有编号，集邮者依据编号来"按号索骥。"当然，偶尔收藏邮票的人一般不买邮票目录，那些人也许是专题邮票收藏者，也许只是喜欢个别漂亮的邮票，也许收藏邮票只是一时的冲动。

上个世纪90年代，我们注意到，有人对过期的邮票目录感兴趣，实际上主要是得到一些年轻的收藏者喜欢，主要原因是过期的目录比新目录便宜很多。到了1995年，就很少见到一位集邮者把他过期的邮票目录卖掉，换一本新目录也就不着急了。到了2000年，在邮市上很难看到有过期的目录出售了，人们都想多保留一段时间。

多年来，马克斯公司一直代理着几家邮票目录和集邮册，他们是舒伯克邮册、卡币邮册、美国斯科特目录、德国米歇尔目录、瑞士邮票目录、法国香槟和伊维尔特和泰利埃邮票目录等，市场上还有不计其数的邮票目录。

22

代理商

1979年8月，西里尔·舍伍德担任英国皇家邮政海外市场部经理，他来到澳大利亚并对那里的几位邮商进行考察。他的动机非常明确，就是物色英国邮政邮票、邮政用品在澳大利亚和新西兰的销售代理。当时，我对代理外国邮票的事情没什么兴趣，因此就给他开了一份有可能代理英国邮票的邮商名单。

人算不如天算，一周后，他来到我的办公室，我问他："西里尔，物色到代理商没有？"他告诉我，已经找到了。我问"找到谁了？"没等我回过神来，他回答："就是你。"他的话让我备感意外，我只能勉强答应了代理事宜，但同时希望他再找到一位更加称心的代理，然后替换我。那时，我公司里没有机构负责海外邮票代理业务。英国邮政很快对外宣布，马克斯公司在澳大利亚提供英国邮政发行的邮票和集邮品。那是我获得的第一个邮票代理资格。一晃30多年过去了，骄傲地说，我现在仍然是皇家邮政在澳大利亚的邮票代理。

其实，代理外国邮票对我来讲，是个机会。那些年，面对集邮的一些新领域，我最大的体会是：邮商与邮商在集邮经营领域里最大的区别在于思维，在于智慧。同样一个机会，有的人能从中悟出商机，有的人能把握那个机会，而有的人只是视而不见，看过了、听过了，仅此而已。

1984年，在墨尔本举办的邮展上，美国邮政在展场里有一个销售摊位，几位从总部华盛顿来的集邮官员出现在摊位前。在一个晚宴上，来自美国邮政的皮特·戴维森暗示我，有意指定我为美国邮政在澳大利亚的邮票代理。经过冗长的业务会谈，我们达成了代理协议。

同年12月1日，美国邮政宣布，我的公司被指定为美国邮票、邮政用品和集邮品在澳大利亚、新西兰、巴布亚新几内亚以及澳大利亚海外领地的独家代理。那是美国邮政第一次在澳大利亚指定邮票代理，也是我获得的第二个代理资格。代理商的资格审查是认真、严肃的，必须满足对方提出的严格要求，我同美国邮政签署的代理协议与皇家邮政的要求相差无几。

我的代理协议1985年1月生效，合同期至1989年12月30日止。那是一个对双方都有利的合同，双方的合同一直延续至今。

美国邮政的海外代理资格事先必须经过美国国防合同审计部门的年度审计。1985年1月，马克斯公司接受了该审计部的审计。审计结果表明，我的公司记账系统、统计口径、年度支出与收入的列帐方式等与代理商协议规定的内容相一致。美国的审计报告还显示，截止到1984年6月30日，我公司邮票和其他集邮品的销售额达到1700万澳元；到1985年1月9日，我公司有员工12名。

审计部门对我的公司经营状况十分满意，符合他们合同中的诸项条款。特别是我们以邮票的面值来出售，售价按当天的兑换率换成澳元，邮费和其他费用平摊后由消费者承担。

当时，澳元有些贬值，带来的影响是美国邮票、集邮品在澳大利亚的售价略有提高。这样，销售新邮票就有些困难。但我们都希望经济会有所好转，汇率会出现有利于我们的变化。美国邮政在1985年2月来函说，合同的条款将有些变化，每一个自然季度订购的货物将在季度结束时结清订购货物的款项。我答复时建议，付款不要按"定购的货物"，而要按"销售出去的货物结账"。最后，那件事得到了圆满的解决。

很多国家邮政当局知道我代理英美那两个重要国家的邮票之后，都主动向我伸出橄榄枝，要求我代理他们国家的邮票。尽管我没有同其他竞争者比，但我知道我做代理商的工作最为合适。

大部分代理协议每3年都要更换，英国皇家邮政、美国邮政同我的代理协议的更新一般是滚动式的，香港邮政的代理协议做了一些修改。有时，一些邮政当局会根据当地市场的一些变化对合同内容作一些修改。我代理邮票销售结果最好的是英国皇家邮政、美国邮政和中国邮政。

我的女婿萨姆看到了我们的代理业务开展的很好，到国外洽谈业务的次数陡增，如穿梭一般。几年内，他走访了几个国家邮政当局，洽谈代理业务。当台湾地区要成为我第17个代理时，他们说，我要和中国大陆终止邮票贸易，我顶住了压力。在我的经营理念中，集邮经营不能和政治挂钩，这一点非常明确。

后来的个体邮商与邮政当局的代理经营协议变得难于预测，政府政策与市场战略确定他们选定由谁代理。

1987年在珀斯举行的邮展上代表英国皇家邮政的摊位

1990年在伦敦世界邮展上与好友哈里斯开着玩笑

23

犯罪与品行不端

集邮是一项高雅的活动，如果有人说这一行业有人品行不端，开始我不信，后来不信也得信，再后来坚信。

我的邮票店开业不久，一位著名邮商拉尔夫·克拉克的邮票店的橱窗被砸，展示的邮票被偷走。他的店在一条胡同的一端，地点较为僻静。第二天清晨，他打电话告知我他丢东西的细节。我说："你不能泛泛地说，要说明你丢失邮票的显著特点。因为邮票都一样，谁也没有本事分辨出一枚邮票同另外一枚邮票的区别。否则，别人想帮你也做不到，我需要你指出你丢失的邮票的特征。"

他想了想说，在丢失的邮票中，有一枚5先令的"悉尼海港大桥"邮票最为珍贵。那枚邮票有一个明显的特征，在其右下角有大头针扎过的痕迹，但不十分明显。我把了解到的情况同店里的店员做了及时的通报，请大家密切关注。

几天后，一个年轻人走进我的邮票店，拿出一枚5先令的"悉尼海港大桥"邮票要出售给我，令我吃惊的是，仔细一检查正是克拉克向我描述的那枚失窃的邮票。

我不露声色地问年轻人，那么珍贵的邮票是那得来的？对方很镇定的回答，是祖辈传下来的。我心里暗想，盗贼一旦伪装起来，怎么比魔鬼还坦然。我做这一行几十年了，刚刚偷走人家的东西，就敢来卖，真是胆大妄为！

我迅速做出决定，对年轻人说，那是一枚极为珍贵的邮票，很值钱。我想付很高的价钱买下那枚邮票，但眼下店里没有那么多钱，请他一个小时后再来，届时我一定钱货两清。

年轻人走后，我立即向警察局报了案，警察局立马派了两名警员到场。一位警员站在我的店员丹尼斯旁，另一位警员埋伏在外面。一会，年轻人又回来了，俩位警员迅速合围将他抓了起来，还在他身上搜出顶着膛的枪支。

克拉克听到自己的邮票被找到的消息后，他的笑容才重回忧愁遍布的脸上，心里悬着的石头落了地。

我的店员丹尼斯总是忘不了那个经历，"他还是个孩子，我那个时候也不大。"最近她对我说："我们都知道那是枚失窃的邮票，因为，我们注意到那个被大头针扎过的小孔。"

我的邮票店也被行窃过好多次。20世纪60年代后期，我在菲利浦港拱廊的邮票店里有一个展示橱窗，里面展示了80枚金币，当时价值5万澳元。每枚金币都放在一个纸质的折子里，前面摆放着一个小纸条，标注着金币的价格和品相。

一天午饭时间，突然撞进来两个人，一个人逼住我妻子，另一个人打开玻璃罩，掠走了所有的展示品后消失的无影无踪。还好，那些金币是上过保险的，为此，我从保险公司得到了4万澳元的保险金。我对破案不抱任何希望，因为我在市场上无法分辨被抢的金币，所有的金币都一样。

金币被抢的两年后，那件事都有些淡忘了，两位警察局的侦探来到我的店里，他们带来六七枚金币让我估价。他们告诉我，刚刚破获了一个吸毒团伙，在搜查他们银行保险箱时发现了一些金币。只字片语的介绍就让我判断出那是两年前我被抢的部分金币。我把两位侦探叫进店里，给他们讲了我金币被抢的经过。

我意识到，那些金币应该是保险代理的财产了，我立即通知了他们。我对保险公司说，我愿将他们支付给我的保险金退还给他们，然后把那些金币还给我。他们当然愿意那样做。我亲自到保险公司把钱退给他们，结果他们不断地感谢，甚至当我的眼神飘过时，他们也要点头致谢。其实，他们不知道，我的那些金币已经升值了。

我的邮票展示橱窗在夜晚被砸遭抢劫的经历屡见不鲜，但是展示在那里的钱币都没有较高的商业价值，后来我就干脆换上了砸不碎的钢化玻璃了。

在我的店外有150个样品展示框。一天，我正在店里为一个顾客服务，见到一位年长的人穿着一件棉大衣，站在店外的橱窗正在看展品。我下意识地往旁边扫了一眼，看见一个展框不见了，只见到那位年长的人两手交叉放到胸前。我马上跑出店门外，面对着那个人，丢失的展示框就在边上。我对他说："你为什么这样做？如果我叫来警察，你就有麻烦了，就为了这价值50澳元的邮票吗？"他恳求我，不要告诉任何人，他说他是一个俱乐部的守夜人，就是喜欢邮票。听到他说喜欢邮票，我就没有深究，还给了他一些邮票让他走了。

如果小孩偷了我的邮票，我总是对他们说："怎么能偷邮票？为什么不学好？"大部分小孩会满脸愧疚，正视者无语，低首者无声。也有小孩对我说："对不起。"一开始，我还悲叹他们年轻少德，世风不古，只听到一声"对不起"，就让我原谅了他们。毕竟他们不谙世事，能说句"对不起"就表明他们认识到自己错了，随之感慨世风依旧。

对不起是一种真诚，原谅是一种风度。这样的事发生过多起，事后孩子们很感激我没有去叫警察。我对小孩初次犯错的一个个原谅，让他们事后羞愧难当，惊醒他们小半生，当然，还有未来的大半生。

十几年前，澳大利亚的保险行业有了一个新规定，不在邮票展览会上为邮票投保，因为在展览会上经常有邮票丢失，为邮票投保，整个行业损失很大，风险极高。

听起来有些乱吧？还有比这更乱的！澳大利亚有过集邮谋杀案的记录，兰德鲁·埃斯科兰达是塔斯马尼亚州的朗塞斯顿市的一位律师，他拥有一部介绍该州邮政史的邮集。虽然邮集在选材上有点问题，但那部邮集非常值钱。

他和妻子关系不和，心想如果将来妻子和他离婚了，妻子会强迫他卖掉那部邮集，并可以分到其中一半的财产。1982年11月的一天，俩人发生了争执，丈夫一怒之下失手将妻子杀了，为此，银铛入狱12年。1995年，他刑满释放，出狱后的第一件事，就是跑到墨尔本到处找邮商。

接下来发生的事情会很吸引人（当然，他已经不再是律师了），他经营了一个叫鲁德洛的邮票店，一个主要通过函购和网上订购的邮票批发店，批发大宗邮票，其中明信片是他的主要特色。2000年初，一位叫理查德·朱兹温的墨尔本邮商购买了他的那部邮集的主要部分。

埃斯科兰达的所作所为很多人都清楚，我听说，当他第一次要加入伦敦皇家集邮协会时，有人提出异议，将他判刑入狱的事情公布在网上。因此，所有的人都知道他的底细了。人们的建议是像他那种有"前科"记录的人是不宜吸收入会的，但也有人说，他作为邮商并没有从事过邮票造假行为，最后，还是被吸收入会了。

2009年11月，他成为2009年塔斯马尼亚州邮展的组织者之一，那个邮展就在该州的朗塞斯顿市举办。他的邮集塔斯马尼亚文献获得邮展的最佳展品奖。

一次，警察抓住了一个犯罪团伙，罪名是偷盗金币，警方请我到堂上作为专家证人，证明那些金币的价值。法官问我："你是专家？"我回答："不，法官大人，我不是专家，但我有经验。"法官又问："两者有什么区别？"我作答："专家是不能出错的，我是有那方面的知识，但我不是专才。"

几年前，复活节期间，悉尼发生了一起抢劫案。不久，就有两个人走进我的店里，出售一个藏品，我立即认出那就是被偷窃的藏品。因为，几天前，我在网上看到过被盗藏品的通知。邮票商、钱币商有一个网站，谁丢了东西都要在网上公布。我不能扣留嫌疑犯，只好给他开了一张支票。然后，我通知银行让他们留住那个人，接下来我给警局打了电话。

近些年，我的公司丢过不少东西，有时贼人从仓库的顶棚从天而降，但他们只偷钱，而对其他东西不感兴趣。过去的几年，我们公司的警报系统多次更换，系统一直维持的很好。

老说被偷被盗之类的话题太沉重了，那就换个有惊无险的：我最近跟几个蠢贼交手发生在2009年的瑞士洛桑。那一年，我到国际奥委会博物馆去看大卫·梅登先生，那时他在国际奥委会工作，他想让我评估一下国际奥委会邮票库存的价值。办完事后，我从洛桑返回维也纳，需要到日内瓦乘飞机。为此，我从洛桑乘火车到日内瓦。

从洛桑启程那天，恰好下着淅淅沥沥的小雨。我拎着两个包，刚踏上火车，我就注意到我前面有一个人，后面跟随一个人。心里清楚，我是被贼盯上了。说时迟，那时快，俩人已经把我夹在中间形成合围之势，前面的那个贼人转过身来偷我胸前口袋里的护照和钱。我立即扔掉手中的包，攥住他的胸领，对方十分吃惊，没想到我有那么大的力气。俩人争斗了一番，贼人和他的同伙还是跑了。面对贼人的背影，我长嘘一口气。我叫大伙帮我报警，可大家无动于衷，没人响应。列车员对我说："理性点，别激动，这种事每天都发生，他们是团伙作案。" 听了列车员的话，我的惊悸与气愤，已转化为琢磨"理性"一词上来，顿感理性是灰色的。我不赞成那种态度，在罪犯面前绝不能理性。

写到这里想起来了，好像还应该给本章开头的那几句话再补上一条才是：对品行不端的人一定要加强教育！

24

大卫·"乔治"·吉

我的一位客户非常友善，居住在悉尼，是一个华裔澳籍人，自我介绍叫乔治·吉。他对珍稀钱币的喜欢程度要高于邮票，经常会光顾我的邮票店。帮我经营钱币的雷·朱厄尔是钱币方面的专家，他同乔治的接触比我多。

当时，我们公司同堪培拉澳大利亚皇家造币厂已经建立了业务联系。基姆米勒·汉德森，一位钱币收藏者，他只要到墨尔本就会来我的店，常在我的店里为造币厂博物馆买些钱币做展品。雷和汉德森是一对非常要好的朋友，我们也知道他对乔治十分了解，汉德森喜欢交际，同一帮高层人物有着十分密切的关系。

澳大利亚皇家造币厂翻新改造后，雷和我前去参观，汉德森接待我们像接待英国皇室成员一样热情。他带我们到钱币铸造车间，那个地方一般人是不许外人进入的。在来宾簿上，我们的签名在1965年2月为他们新楼剪彩的女王伊丽莎白二世的丈夫爱丁堡公爵菲利普亲王签名的下面。

我与澳大利亚皇家造币厂的业务大都通过他们的造币专家托尼·伯恩进行的，他当时负责钱币样品摆放陈列和销售。1966至1970年间，我是造币厂最大的客户，后来我把业务转为钱币的拍卖，但我仍是造币厂最为重要的客户。

60年代的一天，乔治在黄金海岸给我打电话。当时，雷在休假。所以，就告诉他雷不在店里。乔治回答："噢，他和我在一起。我们这里有一个聚会。"实际上我了解雷，他的一生就是和钱币、邮票打交道，必不可免地涉及钱币与邮票的交易之中，但其人品无垢。我知道他根本没和他在一起，有了那个小插曲，我心里清楚，那个人"不地道"。

　　乔治同我店里的一位雇员关系密切，他就经常将他的货物寄到我的店里，货到后乔治就到店里来提货。他经常那样寄，一寄就是好几个大箱子。一开始，我也没有在意。一天，偶尔发现几个贴着乔治名字的大箱子，我顺手打开一看顿时目瞪口呆，箱子里面有许多黄色影片。

　　等乔治来店里取箱子时，我当着店员的面直截了当地对他说："你不可以往我的店里寄那些乌七八糟的东西。"可他不生气，看到那些东西还面露喜色，高兴的对我说，他要把那些影片带到南十字星酒店和政府的一些高级官员一起观看。那种眉飞色舞的样子只想让人呕吐。

　　看到我铁青的脸，他顿觉无趣，讪讪地走开了。他端着箱子走出邮票店的时候，身后射过去无数鄙视的目光。从那时起，我就断然停止了同乔治的一切业务联系。因为，我不愿意和品行不端的人交往。

　　我经常想到涵养与脾气的关系，依一般人的观点，倒是做一个好好先生没什么难的，难的是遇事当面直陈更显可贵。我对雷说："真的，宁可离群索居，也不能与乔治为伍。今后，我们不同他有任何业务往来。"雷说："乔治文质彬彬的，人品还不至于如此卑劣吧。"我回答说，我已经发现他品行不端了。

　　我还拜托他提醒一下汉德森不要同乔治交往，我们一直把汉德森视为朋友。雷把我的意见转达给他，但后者铁了心了，执意要同他继续来往。一次，汉德森到我的店里来，我当面提醒他不要同乔治往来，他面含愠色："非也非也，马克斯，我有选择自己朋友的权力！"对此，我无话可说。

　　我知道，不应该干涉朋友的判断，当我说乔治品行不端的时候，那是一种劝告，也是一个邀请。对他来说，要么跟我们一样，远离那个人，要么留在品行不端的人身边，没有中间选项，没有第三条道路。

　　汉德森从皇家造币厂退休后，造币厂钱币博物馆发现好些钱币丢失了。1975年，澳大利亚联邦以盗窃价值20万澳元的钱币罪起诉了他，使他大丢其丑。然而他有几位位居高位的朋友给他帮忙。那些人包括，后来成为澳大利亚坎塔斯航空公司总裁的伦诺克斯·休伊特伯爵、任命他为造币厂负责人的罗兰·威尔逊伯爵，此人当时是澳大利亚财政部部长，澳大利亚发行的钞票上就有他的签名。他们说服总检察院不给他发传票，那就意味着不会追究他的法律责任。乔治也有许多类似的高官朋友，如果将那些人的名字罗列出来也够吓人的，但乔治后来的命运显然没有汉德森那么幸运，造假使他后来的人生和名誉节节溃败。

1962年3月1日《邮票新闻》刊登一则消息，警方已经掌握了几百枚加字邮票四方连及几千枚加字邮票是伪造的证据。警方发现那些邮票大都是1945年至1949年间中国发行的邮票。1962年9月，《邮票新闻》披露杨楚吉在悉尼被警方起诉，罪名是其拥有用在邮票上加字的印刷版，杨楚吉就是乔治·吉，他当时是国泰邮票公司的老板。

说到乔治，真是闹心，如果不是限于文字篇幅，我愿意把我所知道的所有贬义形容词全加到他身上！

1963年8月《邮票新闻》又刊登了一条消息，大卫·艾伦·吉，又名杨楚吉，以两项罪名被起诉，其中之一还是拥有用来印制加字赝品的印刷版，他被课以500英镑罚款和5年刑期。法院还披露，他还犯有盗窃、伤害、接受被盗的电影胶片以及无照贩卖酒类等罪行。

法院的审判持续了很久，墨尔本著名的集邮家比尔作为集邮专家出庭作证，比尔是皇家集邮协会中极受尊敬的会员，一位专职律师，是集邮界的老前辈，一生拥有300多部邮集，他最在行的是维多利亚时期的邮票。

《邮票新闻》报道："当人们询问比尔如何辨别邮票的真伪时，比尔说，有很多种方法，比如，邮票的齿孔、水印、纸张、印刷方法及颜色。他还说，作为邮票专家，他可以'嗅出'邮票味。"

在乔治没被判刑之前，市场上突然出现了很多面值为2便士、3便士的金斯福德·史密斯加字邮票。史密斯是澳大利亚最为著名的飞行员，后来的悉尼国际机场也取名为金斯福德·史密斯，它位于新南威尔士州悉尼的马斯觉，是全澳大利亚最繁忙的机场。

我们还知道有许多加字为"公事"的假邮票，但我们没弄清那些加字是谁印制的。"公事"邮票是邮政部门专门提供给政府部门寄递信函时免邮资的。现在我们看到的许多"公事"邮票是在邮票上印上"公事"两个字，或者用打孔机在邮票上打出"OS（公事）"两个字。现如今，"公事"邮票已经很少使用了，一般是在信封上印"为女王陛下服务"字样。

现在你要辨认史密斯加字邮票，需要参考几本目录才能辨别。因为，有大量那种假票充斥在市场中，其中大部分是乔治的"杰作"。后来据警方调查，他曾经在悉尼购买过大量的没有加字的史密斯邮票，那也证实了人们的猜疑。

乔治在钱币上的造假要远远超过邮票造假，他设法搞到一些金锭，蒙骗一些不明真相的工程师为他制造金币膜具，然后造成假金币出售。太清楚不过了，乔治义无反顾地踏上了迷途之路，无论是金钱和名利，邮票和钱币，他都是玩了命地畸形追求。在同别人的交往中，他还是惯用同我见面时使用过的伎俩，神态自如，举止得体，脸上显露出友善、欢快的微笑，且不失洒脱或优雅。但是，那一切出现在乔治身上，一切便又不同。

微笑是一种风度。乔治的风度，绝对不是出于本色，是人工伪装的风度，一不小心就会露馅。风度毕竟是比较表层的东西，指望用它来欺骗，或者同人交往，只怕靠不住。因此，千万别把有风度的人全当作君子，其中不乏小人，甚至大奸大恶之辈，乔治就是其中之一。

还有一句话是不能"轻信"。有一句话几乎成为名言："轻信是人类最能容忍的缺点。"话说得宽厚之至，可我却无法原谅人们的种种轻信。

前面还只提到了乔治的造假是防不胜防，后面的事情就更匪夷所思了。乔治曾经利用钱币博物馆没有监视设备以及到悉尼迪克森图书馆学习的机会，用自己伪造的金币换取展示的真币。后来，我才知道，我认识的那位乔治·吉，有72个假名，在那些假名中，他还使用过雷·朱厄尔，用过我这位朋友的名字多次行骗。造币厂的钱币专家托尼后来告诉我，说我和雷是为数不多的知道他叫乔治的人。

1975年，乔治被判刑5年。两年后检察官又因发现他的10笔欺诈行为将其刑期从5年加到7年。据查，他在银行还有20多个账号。真是善有善报，恶有恶报！

总检察官托马斯用了许多年来侦破他的案子，几年来，摸案情，收获不小，细分析，把造假案情反复推敲，后来他还以此为素材写了一本书，书名采用人们打赌常用的投掷硬币的说法——《正面我赢》。

所有了解乔治所作所为的人对他的判刑都认为是"咎由自取、罪有应得"，众口一词的评论对他来说是多么的受用，而我想到的更加确切的词是"上天有眼"，我从来都相信因果和代价之说！

我不知道乔治后来的结局是什么，媒体后来没有续篇。或许，他回头了，或许，根本就没回头。那都无关紧要了，我只是担心着，那个集邮与集币界的骗子，他还会在那个圈里站起身来吗?

起初，澳大利亚警方有一个由专家组成的机构专门对付赝品，但是现在这一机构早就撤销了。一次，一个邮商让我帮助鉴别一枚美国邮票的真伪。我把发行假的美国邮票的消息向美国邮政做了通报，可他们不感兴趣，也许同他们经营的邮票规模相比，假的邮票比例还是太少了吧!

在邮票世界里，假邮票有两种危害。一是，假邮票对集邮者是极大的伤害，特别是伪造珍稀邮票，在邮市上出售给毫不设防的集邮者，假邮票在集邮者手中毫无价值。其次，假邮票严重损害邮政利益，它们在邮政通信中使用，会让邮政员工平白无故地承担劳务。造假者深知其中的奥妙，因此，他们制作的假邮票一般都选择邮政常用的面值。在澳大利亚，两种最多的假邮票是，2便士红色的乔治五世国王邮票和2便士红色的"悉尼海湾大桥"邮票，都是同一个造假者在1932年印制的。现在，那两枚假邮票的价值已经很高了，有很多集邮者在寻找。

全世界最为出名的伪造邮票的人叫吉恩·德·斯帕蒂，他1884年出生在意大利比萨。青少年时代，他大部分时间在法国度过，后来他开始收集邮票。他对印刷的技术特别感兴趣，他还学过摄影，对印刷品技术和化学制品有着丰富知识，那些技术为他后来邮票造假提供了方便。

他有"集邮界的鲁本斯"之称，鲁本斯是17世纪欧洲的大画家。吉恩由于伪造邮票在1948年被起诉，但没有进监狱。他曾经伪造过澳大利亚面值为2英镑的袋鼠邮票。2007年克里斯蒂拍卖行曾推出他的伪造邮票专场拍卖，还有许多出版社出版他伪造邮票的书籍。不过，要是吉恩要是知道乔治邮票、钱币都能伪造，一定自愧弗如吧!

在所有伪造邮票中，加字邮票是最容易伪造。最为著名的伪造邮票是一种6枚一套的维多利亚时期的邮票，发行于1934年，图案为罗马教皇庇护十一世。加字邮票的产生一般都是由于邮资的调整的需要，在老的邮票上加字适应新的邮资。那套真正的加字邮票在澳大利亚的邮政窗口上只使用了10个月，现在的价格2千澳元一套，那也是为什么人们用它来造假，相反价格便宜的邮票就很少有人造假。

25

菲利浦港拱廊的20年

生活永远是位慈祥的长者，到一定时候，就会给绝望的人们安排新的机遇。我并没有被生活所戏弄，在不断的努力中，终于在澳大利亚开辟了一个新的天地。

1981年，我庆祝了我在菲利浦港拱廊邮票店开业20周年，时光如梭，转瞬20年过去了，往事历历在目，伴随着记忆轻启、心弦拨动，我庆幸当初我和妻子移民到澳大利亚是个正确的抉择。

为了纪念那一活动，有许多来信寄到《邮票新闻》。我的一位亲密的朋友，澳大利亚邮政邮票和集邮部经理鲍波·甘布尔在《邮票新闻》上发表了为我写的一篇文章，祝贺我在此经营邮票20年。

> 马克斯·斯托恩是一位充满激情和诚信的人，他为了集邮事业辛勤工作，新老集邮者都能从他那里得到好的建议。他的名字在集邮世界里几乎是家喻户晓，他在墨尔本、在悉尼得到的尊重也能在纽约、伦敦得到。
>
> 澳大利亚邮票宣传协会就是由马克斯和米都迪驰先生一起倡议创办的，经过他们的不懈努力，集邮活动已经成为澳大利亚人喜爱的活动之一。就我个人来讲，我是集邮战线的新兵，马克斯给我很多好的建议。真诚地祝贺他在菲利浦港拱廊邮票店开业20周年。

1981年最著名的事件首数英国查尔斯王储与戴安娜王妃的婚礼，为纪念王储大婚发行的邮票使得澳大利亚的集邮活动更加兴旺。顺便说一句，查尔斯王储的两次婚姻在皇家发行的邮票上都有记载，2005年3月10日，英国皇家邮政公布了纪念王储查尔斯婚礼邮票的邮票设计图案，那套邮票包含2枚邮票，原计划在4月8日的婚礼当天发行。邮票图案是查尔斯和卡米拉两人在苏格兰的百慕乐城堡内拍摄的照片，那个城堡是苏格兰历代皇后的住所，现在是女王的领地。

那套邮票的发行也从侧面表明了女王对查尔斯和卡米拉结合的态度，也算是女王不参加4月8日在温莎市政厅举行的婚礼的一种"补偿"。毕竟，所有的英国邮票图案上都必须带有女王的头像剪影标志，所以，那套邮票也可以看作是一种婆婆、儿子和儿媳妇的"全家福"。

1970年，查尔斯与卡米拉在一场马球比赛中初次相识。经过20多年的马拉松式的恋爱，这一对有情人终成眷属，也为英国皇家题材的邮票增添了新的内容。

但是"好事多磨"，由于天主教皇保罗二世的逝世，这对恋人的婚礼不得不推迟24小时举行。原定的4月8日为教皇保罗二世下葬的日子，所以婚礼不得不推迟，相应的那2枚邮票也要推迟24小时发行。

26

84年澳大利亚国际邮展
——澳大利亚集邮进入新时期

在悉尼市政厅举办的悉尼全国邮票展览有力地刺激了澳大利亚的集邮活动。1979年，维多利亚皇家集邮协会的资深会员雷·查普曼正在为P&O游轮公司举办的集邮巡回讲座做讲解员。在奥克兰，查普曼遇到了1980年新西兰集邮展组委会的官员，他们正在那里为即将举办的新西兰邮展做宣传。由此，查普曼萌发了在澳大利亚举办国际邮展的想法。

也是在悉尼邮展期间，我同该协会的另一位资深会员约翰·卡通纳有过一次长谈，他也是一位集邮家。在那次谈话中，他也提出了举办澳大利亚国际邮展的设想。他对我说，我们应该举办一届国际邮展，以便使澳大利亚集邮走向世界。那次谈话后，约翰一直在探讨举办国际邮展的可行性，最后认为举办的年份应该是1984年，还得留出几年时间为邮展做些准备。

约翰自荐在邮展计划委员会中任职。事隔不久，澳大利亚邮政邮票和集邮部经理鲍波·甘布尔邀请我一起吃午饭。交谈中，他却很不应景地对约翰的工作提出质疑。他说，约翰是一位极难相处的人，他的一些言行经常攻击到澳大利亚邮政，产生不好的负面影响。甘布尔建议，另外找一个同等资历的人来接替他的工作。

查普曼曾经在墨尔本举办的两个重要邮展上做过宣传方面的工作，一个是1950年的全国集邮展览，另一个是1963年的墨尔本国际集邮展览。我们两人都认为，他是不二人选，能把那项工作做好。

甘布尔马上邀查普曼吃午饭，请他出任计划委员会的主任，澳大利亚邮政退到幕后来支持邮展，他们已经起草好了一份有法定效率的备忘录，其中规定组委会是一个非营利组织。

最初的几次筹备会议我都参加了。在一次会议上，查普曼提议我代表澳大利亚邮商参加组委会。后来，我被任命为组委会副主任，同甘布尔一道工作。3AW电台的名人葛劳威担任司库，秘书长和执行官员是费丽，她是一位具有非凡组织能力的女性，当时在澳大利亚女兵部工作。从那时开始，邮展的筹备工作开足了马力。

甘布尔与澳大利亚邮政的工作合同在邮展开幕前就结束，查普曼找到了澳大利亚邮政市场部经理艾·崔哈曼，后者答应将查普曼任集邮经理的位置一直延到邮展结束。那样，甘布尔就能全身心地投入工作。甘布尔是我遇到的最好的朋友之一，我们一直保持着亲密的关系，直到他1984年去世。

第一个任务就是确定邮展的名称、举办地和邮展资金。大家都同意展览叫"84年澳大利亚国际邮展"，举办地就在墨尔本展览大厦，那里有当时最大的展厅。邮政同意提供100万澳元赞助邮展，但是我们计算过，邮展的支出是赞助的两倍。我们也讨论了从集邮家和一些集邮俱乐部里寻求一些捐赠，但能捐赠多少我们很难确定，估计不会太理想。

我提议，澳大利亚邮政在现行邮票中加盖"样票"字样以获得举办邮展的费用。1913年曾经有过在袋鼠邮票加盖的先例。

加盖"样票"的邮票成套地向集邮者出售，邮票加盖"样票"字样后，不能作为有效邮资了，但可以按面值销售。那个创意来自1860年，澳大利亚殖民地的维多利亚、新南威尔士、南澳州、塔斯马尼亚和昆士兰都有过加盖"样票"的经历，我不记得其他国家有比那更早的加盖"样票。"

那个想法浮出水面后，查普曼让我代表组委会给澳大利亚邮政的大卫·麦克奎特和唐·爱顿汉姆写封信，请求他们支持那项发行计划。当时，麦克奎特是副总经理，邮政的二当家，直接对执行总经理爱顿汉姆负责。

1982年4月，我给澳大利亚邮政报了一份筹款计划，其中一段是这样写的：

在我们头脑中，84年澳大利亚国际邮展中最大的问题就是资金问题。我们已经有了一个解决方案，但这一方案的实施需要各方付出巨大的努力，完全依靠组委会是不现实的。

起初，我们的邮展的预算是300万澳元，后来调到200万澳元，至少也要150万澳元，我的意见是这笔钱靠集邮者捐款、抽奖等方式是难以筹集到的。在举办邮展资金方面世界许多邮政尝试通过发行邮品这一途径来解决，84年澳大利亚国际邮展也需要采取这一方式来筹集资金。

目前，随着展览日期的临近，组委会在吸收足够资金方面显然很犯难，原因是即使有人愿意资助，但他们并不看好组委会吸收资金的能力。必须采取有建设性的举措才能刺激集邮团体的热情。

澳大利亚邮政应该为国际邮展发行一套集邮品，可以是样票的形式。这种集邮品包括目前流通的普票，其中面值1澳元的邮票为"新票盖销"，面值2澳元、5澳元和10澳元的邮票加盖"样票"字样。这几枚邮票组成一套邮票，把它们插在一个特制的邮票折中，邮票折上印上国际邮展名称和澳大利亚邮政标识。集邮品的所有印刷和生产费用由组委会支付给澳大利亚邮政。

我估计，海内外可以售出10万套这种产品。价格可以定为10澳元，销售收入粗略估算为100万澳元，付给澳大利亚邮政的生产加工费用可以忽略不计，再加上捐款的资金筹集，两项加一起基本上可以保证邮展的计划开支。

关于集邮品的市场销售，先通过澳大利亚邮政中的函购名单销售，也起到了宣传作用，然后，通过国内外代理、各州的集邮宣传协会直接面向社会销售。

我头脑中有一个问题一直在困扰着我，澳大利亚市场、国际邮票市场一直缺少一个"上品"的集邮品，把大量的为国际邮展发行的"上品"集邮品推向市场，会促使集邮者以合适的价格购买。此举，会促进新的集邮者的诞生。我预测到的这些好处绝对不是空穴来风。

发行加盖"样票"是以前邮政有过的实践，1882年以来许多邮政都作过类似的尝试。澳大利亚邮电合一期间的1930至1940年就发行过"样票"。但是，澳大利亚邮政自从发行面值为十进位制邮票后却没有发行过这种产品，现在发行肯定会得到集邮者的欢迎。

必须指出的是，过去历史上发行的"样票"目前在市场上的价值已经大幅度提升。40年代发行的面值为2英磅10便士的"样票"，在市场上的价格已经升到500澳元；1964年发行的面值为1英镑10便士的航海家邮票，现在的市场价也是500澳元。

这套样票可以在1982年或1983年发行，虽然展览是在1984年举行，提前发行邮票不早，正相反，可以为海内外市场源源不断提供为邮展发行的邮品。

为此，我特向澳大利亚邮政提出上述建议，希望你们认真考虑。

马克斯·斯托恩

报告递上去不久，就得到了澳大利亚邮政的批准，他们选择在已经发行的3枚一套的油画系列加盖"样票"字样，那3枚分别为面值2澳元、5澳元和10澳元，3枚邮票插在一个邮折内，邮折上印着"澳大利亚油画样票"，封面还印上了皇家展览大楼。

1983年2月9日，澳大利亚各个邮局开始出售那个邮折，售价是8澳元，尽管邮票的面值是17澳元，它们一直出售到售完为止。那套样票没有发行首日封，因为加盖了"样票"，它就不是有效邮资了，也不可以加盖日戳。样票的销售为邮展筹集到了足够的资金。

其他筹集资金的方式还有，澳大利亚邮政捐献了一种新票无背胶面值为2澳元的袋鼠四方连，一家汽车公司提供了一辆汽车，我也提供一种邮册，销售收入也捐给了邮展。就这样我们一共筹集到了225万澳元。

从1982年开始的两年筹展期间，我们一直忙碌着，每周在查普曼办公室开一次组委会会议。

我们要确保各国集邮组织参加本届邮展，那要得到国际集邮联的支持。国际集邮联是永久性的非营利组织，由德国、奥地利、比利时、法国、荷兰、瑞士、捷克7国共同发起，1926年创立于巴黎。它的宗旨是促进集邮事业的全面发展，增进各国人民的交往和友谊，发展世界集邮者之间的友好和合作；支持会员所组织的各种集邮活动。

首先，澳大利亚要加入国际集邮联，成为该会的会员。我原来就计划去维也

Australian Paintings 'Specimen' Issue

Stamps overprinted 'Specimen' have no postal validity — their purpose being to provide stamp collectors with copies of high value stamps at less than face value. The history of 'Specimen' overprints in Australia dates back to pre-Federation days when specimens of several Colonial issues were prepared, and when the first Commonwealth issues were released in 1913 collectors pressed for a continuance of the practice. Sets were ultimately released with lower values 'cancelled to order' and the high values overprinted 'Specimen'. The 'Specimen' overprints were to remain an aspect of Australian philately for a further 57 years. This is the first official issue of 'Specimen' overprint stamps in Australia since the 'Navigators' 'Specimen' overprint of 1966-70.

Besides offering collectors a rare opportunity to add official 'Specimen' items to their collections, this issue has a further benefit for philately in Australia, in that it will enable Australia Post to assist the Australian International Philatelic Exhibition, AUSIPEX 84, which is expected to be the largest and most important philatelic exhibition ever held in Australia. AUSIPEX 84 will run from 21-30 September 1984 in the Royal Exhibition Building, Melbourne.

AUSIPEX 84 will be the first philatelic exhibition held in Australia under the patronage of the Fédération Internationale de Philatélie (FIP), which is the international body of philately, representing stamp collectors in some sixty countries. The FIP is a non-profit organisation, founded in Paris in 1926. Its aims are to promote philately on an international level and to create friendly relations and cooperation between philatelists throughout the world.

The three officially overprinted 'Specimen' stamps are from the Australian Paintings definitive series. They are:

$10 **"Coming South"** by Tom Roberts — originally issued 19 October 1977;

$5 **"McMahon's Point"** by Sir Arthur Streeton — originally issued 14 March 1979; and

$2 **"On the Wallaby Track"** by Fred McCubbin — originally issued 17 June 1981.

Australian Paintings 'Specimen' Issue

1984年在澳大利亚国际邮展发行的 "澳大利亚油画样票"

纳，正巧国际集邮联1982年有一个会议在那里召开。查普曼建议我代表澳大利亚集邮协会去参加那次会议。当时的国际集邮联主席是兰德斯拉夫·德拉克，住在布拉格。

国际集邮联合会会议召开前，我去拜访他，那是我们第一次见面。我们坐在一起品尝咖啡，当主席听我讲捷克语时，对我十分友好。他对我说，澳大利亚加入国际集邮联似乎没什么问题，他的一番话让我对入会充满了信心。

当时的德拉克在布拉格的外贸部工作，是共产党机构中的高级官员。他是对很多事情都有兴趣的人，热衷于收藏捷克邮票。那时，一位捷克共产党的高官自由穿梭于世界各国之间是不寻常的，所以许多邮商都怀疑他有克格勃（前苏联国家安全委员会，是一个情报机构）的背景。

后来，查普曼到巴黎参加国际集邮联的会议，寻求该会支持澳大利亚国际邮展。印度的加迪亚是国际集邮联的副主席，该会派他协助我们提出申请。查普曼在巴黎期间，我还安排他在国际邮商协会中演讲。因为，我当时是该会的执行委员，现在是该会的终生荣誉会员。

德拉克后来到墨尔本访问，他同邮展组委会开会，视察了邮展设施和其他的准备工作。我们为国际邮展所做的准备给他留下深刻印象。当时，他就保证一定来参加澳大利亚国际邮展。

在我日常的邮票贸易中，我要经常到海关办理邮票进出口等项事宜。1950年的时候，我就和海关官员混得很熟，尤其是同瓦内的关系非常密切。到了1982年，瓦内已成为海关总监察长，负责特别案子的调查。查普曼为了邮展参展小商品、邮集的事情同海关的官员一起在墨尔本开会，瓦内也参加了会议。由于瓦内的协调，我们达到了我们的目的，所有参加邮展的展览邮集和邮商的小商品都可以顺利通关。海关的决定，是对各国邮商踊跃参加澳大利亚国际邮展的激励。

为参加邮展获奖邮集颁发的

"澳大利亚油画样票"邮折封面

800枚奖牌在堪培拉造币厂铸造。国际集邮联选定了一个评审团同查普曼及海外各国国家的集邮协会一起工作。6名澳大利亚邮集征集员负责征集澳大利亚国内的邮集，所有参加澳大利亚国际邮展的国家都派出了征集员负责本国邮集的征集。

在荣誉级展品中，我们需要世界顶级的荣誉珍稀邮集，英国伊丽莎白二世的皇家邮集要来参展。在国际邮展中，一定要有荣誉级展品参加，这些邮集只是参加展览，不参加竞赛级的比赛。这些价值连城的邮集来参展，安保措施必须细致。维多利亚警察局特意组建一个小组负责保护邮票的安全，据说那是他们第二次执行这样大的任务。

84年澳大利亚国际邮展是第一次在澳大利亚举行的由国际集邮联赞助的国际邮展。组织工作又细又繁，忙煞我们几个人了。经过两年的精心准备，邮展的组织工作准备就绪。澳大利亚国际邮展于1984年9月21日开幕，历时10天，有5万个贴片价值6千万澳元的邮集在展场中展出。查普曼事先在电台、电视台作了大量的邮展宣传广告，报纸也开辟专栏介绍邮展的盛况。最令人惊喜的是有8.3万名参观者来到了展场，他们是澳大利亚各角落里的普通人、收藏者。

84年澳大利亚国际邮展由邮展的保护人，澳大利亚总督尼安·斯蒂芬爵士主持，总督本人也是位集邮爱好者，他在讲话中指出，"集邮能给你带来无穷无尽的知识"，还说："没有什么比集邮能让你学到更多地理知识"。

除了总督为邮展带来的精彩之外，英国女王陛下选送的皇家珍稀邮集也精彩纷呈，其中有1914年末发行的面值为2便士的整版票样，第一枚澳大利亚联邦邮票。英国皇家博物馆提供的整版240枚的黑便士邮票，是世界上仅存的整版票，不过，在这里展出的是个仿品。黑便士邮票是世界第一枚邮票，发行日期为1840年5月6日。

皇家收藏是当今世界上价值最高的收藏。乔治五世国王，就是当今女王的祖父，他是一位狂热的收藏者。1904年，他购入一枚2便士毛里求斯新票。集邮者大概都听说过有关世界珍邮之一"毛里求斯邮政局邮票"的故事。那套邮票发行于1847年，是毛里求斯邮政局专为该岛总督夫人寄发她所举办的一次舞会的请柬而特别赶制出来的首套邮票，邮票的印版、图案、颜色、面值均仿照当时的美国邮票，计1便士红色和2便士蓝色共2种，图案的正中为英女皇维多利亚侧面像，像的上方缀文字"邮资"，下方为面值，大概是为了区别于英国本土的邮票，女皇像的左、右两方还加缀了"毛里求斯"和"邮政局"字样。首批邮票每种各印500枚，除总督夫人使用者外，余下的部分于当年的9月21日在邮局向公众发售。但因邮票发行后即有人指出上面的铭文"毛里求斯邮政局"用词失当而决定不再重印。

当时乔治五世购买"毛里求斯邮政局邮票"的价格达到创纪录的1450英镑，那是英联邦中最具"魅力"的一枚邮票。在今天的邮票市场上很难估计到它的价值了。皇家的藏品到达澳大利亚是乘飞机来的，藏品装在一个小公文箱里。毛里求斯邮票被装在一个黄色纸袋中，夹在皇室藏品看护人约翰·莫瑞斯公爵腋下。那是女王陛下的藏品第一次来到澳大利亚。

有趣的是，1901年乔治五世国王在澳大利亚展览中心为澳大利亚联邦国会剪彩，我们想陛下一定会很高兴，皇家部分藏品在那里展示。

由火奴鲁鲁广告主拥有的特威格夏威夷传教士邮票，作为夏威夷收藏的一部分，也在荣誉级展品中展出。夏威夷传教士邮票，世界上的珍邮之一，是1851年夏威夷邮政局发行的第一套邮票。全套3枚，面值分别为2分、5分、13分。印刷均为蓝色，邮票图案为方形花纹，中间印有面值数字。这套邮票是亨利·惠特尼在1851年担任夏威夷邮政局局长时发行的。因为他是一位传教士的儿子，加之贴有那种邮票的人，大都是夏威夷的传教士，所以那套邮票问世不久，就被称为"传教士邮票"。那套邮票是由一家名叫《波利尼西亚人》的报馆印制的，因为惠特尼曾经受雇于那家报社工作。邮票采用一种很薄的纸张，而且特别脆，发行以后极易损坏，不易保存，故而存世量极为稀少，物以稀为贵，那也是它成为世界集邮界的姣姣者之一的原因。

在那些珍罕展品旁展出的是查普曼参展的12框澳大利亚珍邮：没有面值的瑞丁的袋鼠雕刻版样张，第三版水印2先令棕色袋鼠无齿双联，2英镑彩色多印小四方连，以上那些珍邮都是他在马克斯公司购得的。

水印袋鼠邮票的记录是这样的：联邦邮票有各种各样的水印，第一版是1913年发行袋鼠邮票上的水印；第二版是1915年发行袋鼠邮票上的水印；第三版是20世纪20年代发行袋鼠邮票上的水印。接下来，20世纪20年代后期使用的是多重影的水印标识。到了20世纪30年代初，水印的标识是"C of A"（澳大利亚联邦），

"C of A"水印一直使用到1948年。直到上个世纪50年代末期，邮票就不用水印纸了。

为了纪念84年澳大利亚国际邮展，许多国家发行了纪念邮票、首日封和小全张。187个国家邮政参加了邮展，其中50个英联邦国家由皇冠代理商代理，还有109个邮商。那真是个世界集邮界的大聚会，有邮政、集邮者和邮商。

国际集邮联的评审员达亨登为邮展谱写了一首曲子——"集邮进行曲"，由军乐团在邮展开幕式和发奖仪式上演奏。

在教育部门的协调下，有1.85万名孩子参加了邮展，他们在老师或者家长的陪伴下来到展场，他们参观邮展不用门票。澳大利亚邮局制作了两个憨态可掬的袋鼠邮局，孩子们在那里可以得到免费礼品——一袋精美的邮票。人们可以竞猜贴满一辆赠送的丰田车上的邮票数量，获奖者是一名学生。

84年澳大利亚国际邮展是有史以来在澳大利亚举办最为成功的一届邮展。多少年过去了，每当我在世界其他地方参加邮展时，只要我提到："我是澳大利亚邮商，"他们总是说："84年澳大利亚国际邮展，我永远不会忘记！"人们当初最为关心的邮展经费问题已经不是问题了，邮展结束后，我做过统计，纯盈利3.8万澳元，这笔钱全部捐献给澳大利亚集邮协会用来在青少年中普及集邮活动。

回想起当年澳大利亚知名集邮专家罗斯布鲁姆的那番预言是多么令人发笑，1970年举办澳大利亚全国邮展发行"库克发现澳大利亚200周年加字张"时，他认为澳大利亚的集邮事业将万劫不复。当时的罗斯布鲁姆那样写道："由于加字事件恶劣影响，下一个能赢得国际支持的在澳大利亚举行的集邮展览需要很多年；澳大利亚个体集邮家的倡议能自动赢得到海外的欢迎也需要很多年。我们陷入了无尽的耻辱当中。"现在来看，邮展中取得的成绩让那位预言家跌破眼镜，当初他的预言是多么的荒谬！

1989年，墨尔本举行的邮展是另外一个值得骄傲的集邮事件，澳大利亚邮政在其发行的邮展小本票的封底用作墨尔本城市旅游观光票，每个人都喜爱免费的旅游票。

从左至右是国际集邮联主席兰德斯拉夫·德拉克、约翰·莫瑞特爵士、澳大利亚驻西班牙大使和我在1984年澳大利亚国际邮展上

1984年澳大利亚国际邮展发行的小全张

1989年墨尔本邮展发行的小本票正面

1989年墨尔本邮展发行的小本票背面，可以作为全城旅游的车票

27

澳大利亚与美、英、前苏联合发行邮票

1 月26日是澳大利亚建国纪念日。1986年，我们就琢磨如何从集邮的角度在1988年庆祝澳大利亚建国200周年。提议来提议去，想到了同美、英国联合各发行一套邮票。

澳大利亚邮政如能与美国邮政达成联合发行邮票的协议，将是它同其他大洲的外国邮政第一次联合发行。在此之前，它只是和大洋洲的新西兰联合发行过邮票。

1987年6月13日，国际邮展在加拿大多伦多举办，鉴于我了解其他国家联合发行邮票的情况，我主动同美国邮政负责邮票及集邮市场部的经理皮特·大卫荪接触，探讨两国联合发行邮票的可行性，双方一拍即合。

从6月份开始，大卫荪与澳大利亚邮政集邮部经理罗伯特·考洛林就联合发行进行书信探讨。我作为美国邮政在澳大利亚和新西兰的邮票销售代理，在推动邮票的联合发行起到了不可或缺的作用。

双方很快达成了几项共识，其中包括可以在两个国家销售的纪念邮折，1986年，美、法邮政联合发行自由女神像落成100周年邮票时，发行过纪念邮折，非常受集邮者的喜欢。

双方还确定发行2枚邮票，图案相同，但印刷版式和面值不同。美方的面值22美分，澳方的面值37澳分，都用两国当时的基本邮资。纪念邮折里有双方的四方连邮票，同时还发行一套极限明信片。

美方请《疯狂漫画》杂志的封面设计家来设计邮票和邮折，后来不知何故他

设计的图稿没有被采用。《疯狂漫画》杂志是美国最为著名的杂志，曾为众多科幻小说设计各种生动的漫画形象。1987年9月1日，联合发行邮票的消息首次对外公布。

当时，美澳联合发行邮票由澳大利亚邮政集邮经营的主管——艾达·瑞比奇负责。他要求美方将其发行的邮票在11月1日前，寄到美国怀俄明州夏延市的万国首日封公司制作首日封。万国公司是美国一个非常有名的邮票公司，代理包括中国邮票在内的许多国家的邮票。美方当时表示，他们无法在11月1日前寄到，原因是他们新买了一台打孔机，还无法适应邮票生产，答应可以在11月15前寄给万国公司。万国公司的总经理吉姆·海尔泽尔（现已故）非常大度，他表示，在11月30日前将邮票寄到就可以。

大卫荪除了考虑联合邮票在美国市场的销售外，还关注在澳大利亚市场上的销售。因此，他询问澳方邮折的尺寸，要在邮折中加一个宣传品，上面印上我的地址，告知澳大利亚集邮者，如果谁要购买美方发行的联合邮票，可以到他们在澳大利亚的代理——马克斯公司的邮票店去购买。

美方事先对销售情况有个乐观的估计，通过函购至少可以售出3万个邮折、50万枚澳大利亚邮票。如果各地的集邮中心也销售这种邮票，订购的数量还要增加。为此，美方在他们发行的1988年1月至2月的《集邮目录》中刊登出两个国家共同联合发行的邮票信息。

大卫荪给我写信，信中有美方为那套邮票的极限明信片设计的图稿，要求我撰写一段有关我在澳大利亚代理美国邮票的文字。为美方设计极限明信片的人是世界上最为著名的卡通设计大师，名字叫吉姆·奥利丰特，他在澳大利亚的阿得雷德出生，1967年加入美国国籍。

后来，美方估算了邮政的生产与加工费用，考虑到在美国的许多澳大利亚人会喜欢那套邮票，他们决定把邮折的数量加到10万个。

早些时候，我见过澳方负责集邮业务的约翰·鲍威尔和约翰·哈迪根，后者也在澳大利亚集邮部门工作，我向他们通报了我与美方在多伦多邮展接触的情况，以及美方要求我在他们宣传品中通知的内容。

在更早些时候，澳方在双方签署的协议中规定，将派邮政员工在华盛顿首发式上设置的摊位上销售邮票，为首日封盖戳。美方也认为互相派人参加在对方举行的首发仪式会得到集邮者的欢迎。

我对双方在协议中协商互派邮政人员参加在对方举办的相关首发活动也十分感兴趣，我清楚邮票的销售肯定很火爆，销售的利润完全可以承担这些人员的费用。

同时，我完成了宣传单中的文字，再一次看到了那张极限明信片的设计图稿，觉得它设计的十分漂亮，甚至比邮票设计的还漂亮。然而，过了几日，极限明信片的设计稿又变了。美方做出决定，他们可以销售出10万个邮折，而不是原来他们提出的3万个。为此，他们订购了40万枚澳大利亚邮票，撕成10万个四方连插在邮折中。

1987年9月1日，美方在《美国邮票新闻》中发表如下声明：

美国、澳大利亚邮政将在1988年联合发行邮票

美国邮政今天宣布，计划与澳大利亚邮政于1988年联合发行纪念邮票以纪念第一批澳大利亚移民200周年。

相同图案的邮票将于1月26日在两个国家共同发行，那一日是"澳大利亚建国日"，这是两个国家第一次联合发行邮票。

1770年，英国探险者詹姆斯·库克发现了澳大利亚东海岸，他将整个澳大利亚大陆的东海岸宣布为英国的领土，并命名为"新南威尔士"。在库克船长报告的激励下，英国政府决定向此地移民。 1788年1月26日，在菲利浦船长的率领下，第一批英国流放犯人的船队在悉尼湾杰克逊港登陆，从此掀开了澳大利亚近代历史的篇章。

杰克逊港作为流放地，第一批到达澳大利亚的人大都是英国的流放犯人。菲利普船长给予第一批犯人更多的自由。到了1840年，后来几批犯人的到达形成了缓慢但平稳流动的移民潮。犯人被流放后，缓解了英国本土的人口压力和社会矛盾。

1851年，由于金矿的发现，带来了人口的剧增。直到1840年，新南威尔士一直是英国流放犯人的目的地。当时的新南威尔士包括了除西海岸（时称新荷兰）以外的整个澳大利亚大陆。19世纪，新南威尔士被逐渐分为几个独立的殖民地，包括：塔斯马尼亚（1825年）、维多利亚

（1851年）、昆士兰（1859年）和南澳大利亚（1836年）。1901年1月1日，那些殖民地，连同西澳州，组成了澳大利亚联邦。

今天，幅员辽阔的澳大利亚人口稀少，全国人口的三分之二居住在沿海城市。澳大利亚联邦分为六个州及两个领地，国家分联邦、州（领地）、地方政府三级管理。它的议会政府同英国相似，联邦机构、中央政府与地方政府分治又同美国一样。

美澳联合发行邮票的消息一经披露，马上引起社会的广泛关注，关注的焦点是邮票的选题。

一天，澳大利亚邮政发表了一份低调声明，对《时事》杂志主要栏目作家鲍勃·密灵顿的一篇忍俊不禁的文章进行回应。他的那篇文章配有4张图片，内容和美澳联合发行邮票的选题有关。

他们选择的4枚"邮票"都多少同美国有一定的联系，依次是：第一位是雷斯·达西，生于1895年10月31日，卒于1917年5月24日，是澳大利亚中量级拳击冠军，同时也是澳大利亚重量级拳击冠军。在他的拳击运动生涯中，他击败过包括美国拳击手在内的许多世界拳击高手。1916年，他因不愿卷入第一次世界大战的征兵转赴美国。1917年4月27日，他患病住进美国的一家医院，死于5月24日，有传说他是被美国黑社会所谋杀。

第二位是世界报业大亨鲁帕特·默多克，1931年3月11日出生于墨尔本。1952年其父去世后默多克继承了阿德莱德的《新闻报》，短短的三四十年间将其发展为跨越欧、美、亚、澳几个大洲，涉足广播、影视、报业诸领域的传播媒介帝国。80年代初，这位说话带有浓重的澳大利亚口音，永远在衬衣里穿着汗衫的默多克的年营业额即已达到12亿澳元。

第三位是林登·约翰逊，美国第36任总统，以"伟大社会"和民权立法而名垂美国史册，但由于对美国陷入越战泥潭负有不可推卸的责任，他只能在1969年1月在民众的疏远之下离开白宫，回到得克萨斯的农场。由于美国越战问题，他在访问澳大利亚时总有抗议示威者追随其后。

第四位是菲尔·莱普，它是澳大利亚19世纪30年代的一匹奇迹的赛马。那时，澳大利亚经济异常萧条，且正需要英雄出现的时候。在1932年的赛马比赛中，菲尔·莱普在41场比赛中胜出36场，以优异的成绩冲出了地区赛。此后，它越战越勇，最终打败了北美地区所有的参赛马匹，夺得了冠军。然而，在它成为冠军两个星期后，莫名其妙的生怪病客死在美国。据传，它有可能是被美国黑道上的人所暗杀。

密灵顿在其文章中引用了澳大利亚邮政市场部经理兰斯·哈特的一句话，哈特说，两国邮政已经讨论多次了，"正在准备着将能代表两国的合适的主题搬到邮票上。"密灵顿说，他可以肯定他们很难找到合适的题材，因为，澳美两国鲜有共同之处。对此，澳大利亚邮政发表了一份低调声明否认他的预测。

10月5日，大卫荪通知瑞比奇，为美方邮折设计的图稿已接近完成，设计者是派特·奥里芬特。他向澳方的瑞比奇表示需要澳方发行的空白极限明信片5万个、盖销的5万个，希望1月5日之前寄到。

11月5日，大卫荪通知我，澳方邮政订购的161.7万枚美方邮票已经在邮寄的路上，一共是17个箱子，总价值为35.574万美元。此外，他们还给万国首日封公司寄了8.3万枚邮票用于首日封的加工。12月12日，我有点抓狂，美国寄给我的邮票还有两箱没到。距离澳方提出的收到美国邮票的日期只有48小时了，万幸的是那两箱邮票最后按时到了。我还订了3万个贴好邮票、盖戳的极限明信片。

我飞到悉尼，会晤艾伦·唐恩，他是澳大利亚邮政新南威尔士的集邮官员，当时负责筹办联合发行邮票的首发仪式。他告诉我，联合发行仪式在悉尼邮政局的总部举行，现场分两个区域，澳大利亚和美国邮政，分别盖各自邮政的日戳，销售自己的集邮品。销售区域和销售的产品安排的适当，会让两国的邮政和邮品彼此呼应、相得益彰。

我了解到澳大利亚交通部长、美国大使同其他政府官员都将参加首发活动。

1987年11月23日，美方在它的《邮票新闻》上又一次公布了联合发行的消息，还刊登了由澳方设计家罗兰·哈维设计的邮票照片：

澳大利亚200周年联合发行邮票新闻

为纪念第一批欧洲移民定居澳大利亚200周年，美澳两国邮政将联合发行邮票，面值分别为22美分和37澳分，双方的销售活动及纪念戳也已经得到批准。

这是美国邮政第19次同外国邮政当局联合发行邮票和相关集邮品。1988年1月26日是澳大利亚的"国庆"，邮票首发式将在美国华盛顿和澳大利亚的悉尼同时举行。美方邮票将在首发日的次日在全国各邮局销售，澳方邮票将通过集邮函购部销售。

两国的邮票都是澳方设计家罗兰·哈维设计的，他是澳大利亚最为著名的儿童书籍的插画设计家。

澳大利亚邮票上的图画分别是卡通的澳大利亚考拉和美国的秃鹰，它们手臂和翅膀挽在一起。考拉穿着的背心是澳大利亚标志性颜色——绿色和金黄色；秃鹰穿着的背心是美国星条旗的颜色。它们手中或翅膀都拿着一顶帽子。两只动物头上有一行字，"200周年快乐"；邮票下方是大写的英文字母"澳大利亚"及面值37澳分，第二行是文字"与美国邮政联合发行。"

美国邮票的设计风格与澳大利亚的相一致，不同的是文字用了"澳大利亚，200周年快乐"，左下角的文字"1788至1988"，右下角为国名及面值22美分。

在悉尼举行的联合邮票首发式上，很多生活在澳大利亚，特别是居住在悉尼的美国人应邀到场。

1月27日，我在墨尔本也举行了一个类似的首发活动，澳美两国邮政的许多官员参加了活动。在澳大利亚"国庆节"的后一天晚上，我在悉尼举行了一个盛大的欢迎晚宴，邀请澳美两国邮政人员，邮票设计者和他的妻子，我的女儿、女婿都参加。我在欢迎晚宴上发表了简短的欢迎词：

我代表美国邮政在澳大利亚的邮票代理欢迎各位参加晚宴。今天晚上，我们一起见证了集邮史上一个重大的事件，澳美两国联合发行邮票。感谢美国邮政回应澳大利亚邮政的建议，联合发行邮票，庆祝澳大利亚建国200周年。

我愿借此机会感谢各位的光临，愿今晚及联合发行邮票能给各位留下美好的记忆！

女士们、先生们，请举起你们手中的杯子，为澳美两国邮政的合作，为澳美两国，干杯！

1988年1月26日，澳大利亚邮政总部大楼见证了有史以来最长的邮票购买队伍，队伍排了几百米，集邮者要排上几个小时才能购买到那套联合发行邮票。最受欢迎的当属邮戳了，盖戳的人迟迟不愿离去。销售时间结束后，邮局的工作人员不得不将没有盖到戳的人姓名、地址记下来，并保证事后将他们的首日封盖好戳，然后按他们留下的地址将首日封寄给他们。

我事先在当地一个有影响的报纸刊登出整版广告，告知我将销售一本邮册，邮册里有其他国家邮政联合发行过的邮票，一共是66枚邮票和2枚小型张。这些国家（地区）是澳大利亚、萨摩亚和美国以及为庆祝澳大利亚200周年发行邮票的英国、圣诞岛、新西兰、科科斯群岛、以色列和波兰。

在墨尔本举办的首发活动可以同悉尼的活动相比美，十分受欢迎。墨尔本《太阳报》1月28日载文：

昨天成千上万的人群蜂拥到墨尔本邮政局楼前，购买庆祝澳大利亚200周年纪念邮票。澳大利亚邮政对人满为患的场面十分震惊，昨天上午10点至下午3点，3千多人购买了价值1.5万澳元的邮票。澳大利亚邮政集邮销售部经理表示，这是澳大利亚发行十进位制邮票后，他所见到的最为壮观的购买场面。

澳大利亚集邮者创造了购买美国邮票的销售记录。这套联合发行邮票也是澳大利亚邮票史上销售量最高的一套邮票。

1986年，我访问伦敦。作为英国皇家邮政在澳大利亚的代理商，我同英国皇家邮政的集邮官员西里尔·沙伍德举行业务会谈。会谈中，我表示，在皇家邮政邮票的发行史上，还没有同任何一个国家邮政联合发行过邮票，为什么不能从澳大利亚开始第一套联合发行。

一开始，我的建议没有被皇家邮政所采纳。然而，在一次英国政府召开的澳大利亚200周年庆祝活动的协调会议上，女王的第一堂弟肯特公爵认为，两国联

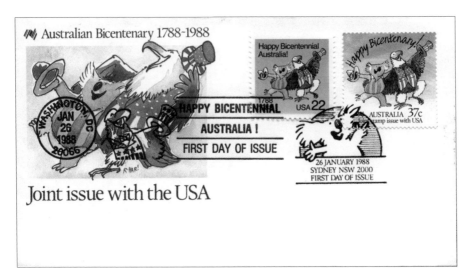

美澳联合发行的首日封

美澳联合发行的极限片

美澳联合发行庆祝活动中美国大使夫妇（左二、右二）和我的重外孙巴瑞·西格尔

我的重外孙巴瑞·西格尔在美澳联合发行庆祝游行活动中

合发行一套邮票是一个好主意，那一建议才被采纳。

基思·菲歇尔是皇家邮政的集邮经理，由于皇家发话了只能接受了这条建议。他指出早些时候就有马克斯提出过联合发行的提议，也有对集邮感兴趣的公众建议皇家邮政同其他国家联合发行邮票。第二次世界大战结束后，联合发行邮票在欧洲是很平常的一件事了。

基思代表英方同澳方举行了第一次业务会谈。由于联合发行涉及的过程复杂，邮票不能在1988年1月26日"澳大利亚日"前发行，只能列入到年中发行计划，这样英国成为继美国后第二个同澳大利亚联合发行邮票的国家。

双方商定，共发行一套4枚邮票，每个国家2枚，发行时间为1988年6月21日——英国的仲夏、澳大利亚的冬至。面值为两个国家常用的邮资费率。邮票由墨尔本人盖瑞·伊墨瑞设计，各自在本国印刷。双方各自使用的纸张不同，印刷方法不同，最后导致澳大利亚邮票中的英国国旗的红色更艳。

邮票表现的主题同两国紧密相连，主要元素有：移民、议会民主制、体育和舞台艺术。邮票中的移民与议会民主制的主题表现在英国议会和澳大利亚新议会的女王头像上；用帆船表现第一代移民的艰辛；邮票中体育与艺术的元素有—英式板球运动员格里斯、大文豪威廉·莎士比亚和音乐家约翰·列农，下方为悉尼海湾大桥和悉尼歌剧院。

英澳联合发行的首日封

1988年，在澳大利亚与美英两国就"澳大利亚200年"这一主题成功联合发行邮票之后，我就探寻同前苏联联合发行的可行性。1988年，我到赫尔辛基参加国际邮展，随行的有澳大利亚邮政集邮部的经理约翰·鲍威尔。在赫尔辛基，我们同苏联图书公司（前苏联的邮票出口由图书公司负责）举行了业务会谈，会谈中我们涉及到了联合发行这一主题，双方都有兴趣。

我首先提出这一建议，还列举了联合发行所带来的几点好处。比如，加强苏澳两国之间的经济联系，提高集邮者的收藏兴趣，对两国集邮者有利。此外，还能增加民众对两国旅游的兴趣，提高人们对苏联产品的认识。苏联邮票出口到澳大利亚还会增加苏联出口的外汇收入。

双方很快达成共识，联合发行一套邮票，苏澳双方各发行邮票2枚、小型张1枚，邮票图案相同，同一时间发行。在邮票发行的同时，还要发行相关的邮品。鉴于两国集邮者愿意收集全4枚邮票，双方印制的数量要满足对方的需求。在遵循双方同意的汇率的前提下，双方销售给对方的邮票都按面值出售，集邮品的价格要充分考虑市场接受能力。

多年来，澳邮政一直在寻找国际上澳大利亚的新票与旧票邮票的新市场，同前苏联的邮票贸易无疑有利于拓展新的销售渠道。

考虑到设计和生产邮票需要一段时间，双方把联合邮票的发行日期定在1990年7月11日，要求最后的设计图稿的完成日期是1989年11月30日。澳邮政提出，澳方为联合发行设计邮票及集邮品图稿，供对方免费使用，但是需要知道苏方的批准程序及提交图稿的截止日期。澳方邮票要在完成印刷后在1990年4月1日前运到库房，然后加工好邮折，并于6月11日前寄到莫斯科。集邮品的销售日期为4个月，截止日期是1991年3月1日。届时，双方根据销售的数量来结账。

由于邮票的设计由澳方完成，苏方仅需要根据澳方提供的设计图稿印制自己的邮票。苏方还要负责苏联邮票首日封的盖戳。

加盖邮票的日戳应该是所贴邮票所在地的日戳，我建议联合发行邮票的图案是南极，因此需要南极站邮局日常使用的日戳。

双方在结算方面达成的共识是，每一方支付集邮品生产的费用，向对方购买用于在本国销售的邮票费用，在面值的基础上减去对方给予的折扣。双方邮政各支付50%寄给对方邮票的国际运输费用。销售日期截止后，双方各自销毁没能售出去的邮票，出具销毁证明，再从总订购额中减去销毁的数量。所有的账目用卢布结算，汇率为1卢布等于2澳元。

1989年6月16日，我被澳大利亚邮政任命为顾问，全权处理与联合发行邮票有关的同苏方的联系。在那个岗位上我只做了两件事，一是根据双方签署的协议安排澳方寄给苏方的货物运输，为此，我支付了4千澳元；第二件事，代表澳方进口苏方的邮票，并到海关办理邮票进口的清关手续，为此，我支付6千澳元。当然，以上发生的费用都从我进口邮票合同中给予的佣金中支出。

1989年6月21日，我陪同鲍威尔来到莫斯科。上文提到过，我不大愿意去包括前苏联在内的东欧国家，不过那次去是公务。

在我这个年龄层的人心中有一点以前灌输的关于柴可夫斯基、普希金、世界第一航天人加加林、莫斯科郊外的晚上的痴痴的情结。那都成了本次苏联之行的理由。

从左至右前苏联图书公司的代表、鲍威尔、马克斯和前苏联交通部部长

我们同前苏联交通部副部长举行业务会谈，来自前苏联交通部、图书公司、前苏联邮政的许多官员参加了会谈。参加会谈的亚历山大·比劳斯卡早些时候是前苏联图书公司的副经理，他每年都到澳大利亚公干，见到我时总是对我们说，"咱们签订代理协议吧？"我从没答应。我始终保存着他的名片，名片上的职务是"苏联文化协会优秀工作者。"他每次到澳大利亚，都由驻堪培拉前苏联使馆的商务参赞维奇斯拉夫·泰特里诺夫先生陪同。

在遇见的苏联老熟人中，有一位著名的邮票收藏者叫维克多·葛巴库，他的名片上有很多头衔，"苏联集邮者协会执委会主席、苏联飞行员及宇航员、苏联英雄、苏联人民代表。"恐怕还有些头衔他没有印在名片上。

双方确定的联合发行的邮票主题是"南极洲的科学合作。"苏方的题目是对冰川学的研究，特别是大气构成的历史的研究；澳方的主题是环境的研究，集中对南极洲海洋生态的研究，特别是磷虾的生态环境的研究。邮票上方的文字，分别用两种文字书写"南极洲科学合作。"

邮票的版式用竖联2枚票，尺寸为40mm×28mm，小型张的尺寸为65mm×86mm，影写平版印刷，澳方的面值分别是44澳分和1.1澳元；苏方的面值是5戈比和50戈比。

双方同意相互出售时，都以面值减去折扣计算，我建议双方都给30%的折扣。双方还都同意，结算价格以合同签署当天的美元兑换价确定。邮票发货时提供货物账单，用美元标价，在销售期过后的第二个月结算，结算时把没有销售出去的邮票寄还给对方抵货款。

需求的数量是65万套澳大利亚邮票，24.5万套前苏联邮票，总价值为37.525万卢比。所有在澳大利亚销售的邮品都寄给澳方的邮票进口代理——马克斯公司。澳方又将这些邮品分发给在英国、欧洲、斯堪的纳维亚、美国和加拿大的代理。

在同前苏联财政部讨论双方结算时，苏方指出，为澳方提供由苏方订购邮票时所支付的外汇有些困难。他们向澳方建议，是否考虑苏方应付的外汇折换成自行车给澳方，可以让澳大利亚邮政投递员使用。

鲍威尔不同意那个建议，坚持货款苏方一定要支付硬通货币。我在与其他国家交往时也遇到过很有趣的事情，但是用邮票换自行车的事还是第一次遇到。

一位记者叫英格拉姆，他曾经在1990年9月28日的《金融观察》上报道，澳方出口到前苏联的邮票，已经发现倒流回来在澳大利亚邮件上使用，那叫"出口转内销"。他认为那些"出口转内销"的邮票是美国的代理商所为，他们销售时给的折扣太高了，但他不建议澳大利亚邮政收回那些邮票。那些在邮件上发现的邮票都是从当地的邮商手中购到的，严重损害澳大利亚邮政的利益。

他说得对，那种事确实发生了，任何参与那件事的人都是违法的。尽管只有一小部分邮票"出口转内销"，但记者们对那种事自然感兴趣。英格拉姆是极少数几位对邮市感兴趣的记者，到处打探情报。他是一个可爱的小伙子，但我和他交谈时要格外注意。

1993年的一天，《先驱太阳报》上的一篇文章披露说泰特里诺夫先生被怀疑是克格勃间谍，并被遣送出了澳大利亚。那时，我才明白，为什么我有一次在办公室同泰特里诺夫会面后，澳大利亚安全部门的官员来我的店里。我对他们说，我们只谈论了邮票，只是邮票而已。

澳大利亚联合发行邮票的系列还在继续，1995年至1996年，澳大利亚邮政同中国邮政、德国邮政联合发行了邮票，2001年和瑞典联合发行邮票。澳大利亚最近一次联合发行是在2009年，同澳大利亚的海外领地的太平洋西南部的诺福克岛、印度洋上的科科斯群岛（基灵）、圣诞岛联合发行。那是第一次由4个邮政当局将各自的邮票印在一枚小全张上，图案是澳大利亚地区的野生动物。科科斯群岛（基灵）、圣诞岛的邮政事务由澳大利亚邮政代管，还为他们印刷邮票。

苏澳联合发行的邮票

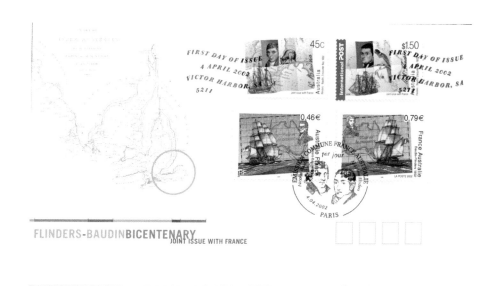

法澳联合发行的首日封

28

捷克斯洛伐克交易

1990年6月，"捷克斯洛伐克社会主义共和国"更改国名为"捷克和斯洛伐克联邦共和国"。原来捷克的邮票被废弃了，被新发行的捷克和斯洛伐克邮票分别代替。废弃的捷克邮票被储藏在两个大仓库之中，一个在布拉格，另一个在我的家乡。储藏在布拉格的邮票都被盖销了，那些邮票数量巨大，装了整整一个大卡车出售给了英国的一家邮商。在布拉迪斯拉发仓库储存的邮票却静静地躺在那里。

1992年，我回到家乡，与老朋友安德维奇聊天，他负责邮政局集邮部的工作。他谈到在布拉迪斯拉发的库房里有大量前捷克的邮票，问我是否有意购买。一开始，我真的没往心里去，回答的也很含糊。安德维奇催命鬼似地追着要我的明确答复。

我也不了解那些邮票都是什么题材，就让他列了一份清单，等我回到澳大利亚后再决定我买哪些品种。邮票面值是几十万美元，但因是废弃的邮票，我就报价8万美元。安德维奇把我的报价上报给上级主管部门，上级倒是同意了，不过有两个条件，一是要把那些邮票盖销了，二是邮票不能倒流回到斯洛伐克。

我同意不将邮票卖到欧洲国家，但坚持邮票不能盖销，我要新票。两周后，我的建议被驳回了，他们坚持要把邮票盖销了，我想那件事到此就结束了。

两年后，我又会家乡，同安德维奇在一个大饭店里喝咖啡，聊着集邮方面的事情。安德维奇对我说，"你还记得那些前捷克邮票吗？"我告诉他，"记还是记得，不过，我原来的报价没变，还是8万美元，但我一定要新票。" 安德维奇立刻激动地站了起来，把手伸过来紧紧握住我的手说："马克斯，我们成交了。"

世界上的事情很是奇怪，满以为可以成功的事到头来成为泡影，而那些本以为不会成功的事却往往付诸实现，这就是生活的复杂多变和难以预料之处。那笔交易能成交的关键是，安德维奇是位忠于职守的邮政官员，可喜的是他还是位颇有成就感的集邮工作者，而最可喜的是，他是位非常执着、绝对可交的朋友！

我十分震惊，因为我确实不知道那些库存到底都有什么东西。我只知道那件事是他要是不提，我都不会想起来的。是不是上天掉下来的馅饼？少顷，我微笑着探身提问："能不能看看库存？"

"当然没问题！"他马上叫了一辆邮局的车，载着我到了城外的一个大仓库。那天天气真热，恐怕有30多度，我们进了一个没有空调的仓库里。仓库里里面倒不是很热，门也没锁。真是很壮观，仓库里满满堆着邮票，一摞压着一摞，都保持着原始状态，我猜想印刷厂将邮票运过来，就没有动过。

我问他怎么把邮票运到澳大利亚，运费肯定不便宜。他建议将邮票改成小包装，每包不超过20公斤，然后通过邮局寄到澳大利亚。我们很快办完了相关手续，他们赶着重新包装。一共是320个包，每个20公斤，一共6400公斤。货物到了墨尔本，我不得不动用移动吊车，雇了5个人，整整干了一天才将货物放到我楼上的仓库里。

接下来，对我的挑战是如何将那些邮票卖出去？我记不得了，是在北京还是三藩市的一个邮展，我见到了一位布拉格的邮商，告诉他我在澳大利亚有大量的捷克邮票的存货。他对那些邮票感兴趣，急切了解邮票的题材。我将很大一部分库存卖给他了，原来支付出去的8万美元货款通过这单生意收回来绝大部分。在一次拍卖会上，我一次拍卖出100万枚，买家是东欧的几个邮商。他们用那些邮票做袋票材料，50枚一袋或100枚一袋，刚入门的集邮者对那种袋票很感兴趣。那些售出去的邮票有些确实也倒流回到了斯洛伐克。

20年后，我又把剩下的库存同匈牙利集邮公司进行了交换，那些邮票在他们国家很容易出售。

29

更大的空间，更多的窗口

许多年间，菲利浦港廊桥的许多住户离开了，我就借机把他们的店租了下来。后来我的5个店面连成一体，楼上库房的空间也扩大了。我之所以那样做，是因为我已经成为亚太地区最为著名的邮商之一。我有机会把廊桥的几个铺面都买下来，但我没有那样做，我不喜欢不动产。有段时间，我甚至自己租房住。我唯一的房产就是位于墨尔本奥朗路的一座公寓，后来，我还是把它卖掉了。邮票，是我唯一的"财富"。

厚积必然薄发。马克斯公司在菲利浦港经营了40多年，1993年建筑翻新，许多住户又离开了这里，我借机把另外4家的铺面租了下来，我的零售面积又扩大了50%，一共有9个铺面，15个产品展示橱窗。

在1993年的1-2期《邮票收藏者》杂志上，我告诉记者，我对集邮的投资非常有信心，邮票的收藏和交易有美好的明天，澳大利亚的邮票业在世界上非常有竞争力。我拥有的澳大利亚邮票资源虽然没有以前那么多，但那很自然，因为澳大利亚的邮票价格依然坚挺，需求在增加。

我现在有12个雇员，包括萨姆的父亲，我的亲家艾贝·西格尔，他负责繁忙的货物发运部，每周要发出上百笔寄给世界各地的货物。生意的联系和订单主要依靠信件、电话和传真。现在的订单是通过电子邮件。艾贝的任务就是准确无误地将货物发出，他干的非常出色。

艾贝还负责我们的邮册销售部，我的新邮销售保持着良好的势头。1993年，我们的出口生意占我利润的35%。

菲利浦拱廊的邮票店

1993年2月11日，澳大利亚集邮协会会长雷·托蒂主持菲利浦拱廊的邮票店开店仪式

30

海外旅行

我每年至少一次，一般是两次到海外旅行，主要是参加邮展。去海外旅游，并不需要准备太多的东西，一把雨伞、一个包，最最重要的是：一个极其阳光快乐的好心情。在过去的50年间，我多次到欧洲、美洲、中国参加邮展。我1983年到巴西参加过国际邮展，中国就是那一年在巴西召开的国际集邮联大会上被接纳为该会的会员，但我从来没去过非洲。

我每年都要去欧洲参加国际邮商协会的年会，我是该协会的终生名誉会员。它成立于1952年，其主要会员都在欧洲、美洲。该会的宗旨是保证邮商高水平服务业务的完整性，督促鼓励各邮商之间集邮信息交流，促进集邮贸易的发展，想尽一切办法减少各国集邮贸易壁垒。该会规定的邮商道德标准，要求会员国的邮商都要遵循执行。这一标准规定，各国邮商都不允许出售伪票、假票、修补过的邮票，一经发现，该会将予以通报，那么这个邮商以后就没有生意可做了，也很难在国际集邮圈内生存。

国际邮商协会还鼓励邮商之间交换自己客户的名单，通过这种手段，扩大各自的业务。如果某一邮商的邮票被盗、被骗，该会可通过自己会员国邮商协会发现这些被盗、被骗邮票的去向，协助有关部门查找，保护邮商的利益。

我偶尔也会去布鲁塞尔和阿姆斯特丹。我多次去过中国，到过北京、上海、广州和香港。我去过美国的洛杉矶、华盛顿、纽约和芝加哥。

人们总是我说，这也去那也去很忙碌，我不在意，我的工作是越忙越好。一次，我到华盛顿参加一个国际邮展，到达展场时间尚早，参展商的入场证还没有

环中国赛首日封

分发。展场大门紧闭，无关人员不许入场。我把大门刚打开一个小缝，斜刺里冲出来一个保安将我拦住。我就对保安说，我不是来参观的，是到食品店看看咖啡机是否有问题，保安挥挥手就让我进去了。

1996年，我陪同美国邮政的几位官员去香港，参加在那里举行的环中国自行车赛的开幕式，那次比赛中兰斯·阿姆斯特朗代表美国邮政参赛。阿姆斯特朗是位传奇的赛车手，3次获得环法自行车赛冠军。

在比赛前的一次鸡尾酒会上，我向他赠送了美国邮政发行的一枚特殊的小型张，上面特别加印了环中国赛的线路，起点是香港，途经深圳、广州，最后到达上海。其实，我那时才知道，阿姆斯特朗是多么的有名！

他说刚得癌症的时候，喜欢将痛苦挂在嘴上，以为那是时髦和深沉；后来经的事多了，也就知道这是万万不可的，痛苦是需要深藏在心里。在他接受完治疗后，没有一个欧洲车队愿意收留他。"我有一个长长的名单，那些车队在我最困难的时候将我忘记了。"他说，最后收留他的是现在的美国邮政车队。

阿姆斯特朗是第一位代表美国邮政车队获得环法自行车赛冠军的美国人，他所取的成绩也使得美国邮政名声大振，取得了很好的广告效应。当然，他也是首个获得该项赛事冠军的癌症幸存者。光是这一点就足以让他上各大报章的头条。与他相处，发现他是一位十分吸引人、彬彬有礼的绅士。

访问香港后，到澳门停留了两天，一方面为了会晤邮商，另一方面是旅游观光。澳门是一个微型的城市，沿山起伏的道路，行人伸手可以触到过往的车辆，沿街走着可以看到一楼住家的电视屏幕。异国风味搭配历史记忆，想印象不深刻都难。

国际邮展一般在秋天或春天举行，很少有在夏天或冬天举行的。40年间，我多次去维也纳，都住在城市中心商业区的欧洲卡特纳饭店的同一个房间。进进出出饭店的人衣着摩登，我出神地望着那扇会转动的门，那种速度和眩目叫我入迷。我对那个饭店的感觉就是除了家以外的另一个家，那里的员工和我非常熟识，知道我需要什么，我是那里十分受欢迎的客人。关于维也纳，可以眷恋的东西很多，它的风情会透过你的骨髓使你流连忘返。

从维也纳我会乘火车去布拉迪斯拉发、布达佩斯和慕尼黑。如果到伦敦或柏林，我会乘飞机前往。那几个城市是我在欧洲时经常光顾的。我不会在一座城市逗留太长的时间，除非参加国际邮展。还有，就是同各国邮政官员或邮商会面，那些人基本上是我熟识多年的老朋友。我不是旅游者，多年没去过旅游观光或到商场购物。

在维也纳，我会经常光顾位于咖啡剧院中的邮票市场，那里有很多邮商。咖啡剧院跟中欧的经典咖啡馆一样，是个纯粹休闲的地方，时间长了会和很多邮商成为至交，小小咖啡馆几乎成了不同邮商集体回忆的收藏地。如果一人独处的话，在那里喝上一杯，四处张望一下，发发呆，绝对是享受，那里的良辰美景既是用来欣赏也是用来体验的。

一次，我在那里见到了"纳粹猎人"西蒙·威森塔尔，他是一位纯粹的对集邮一见钟情的人，长期收集邮票，特别热衷于收集早期罗马尼亚邮票。

我一直对执着的人怀有敬畏之情。威森塔尔是第二次世界大战中德国纳粹对犹太种族灭绝大屠杀

与西蒙·威森塔尔（左一）在一起

中的幸存者，大屠杀使他失去了89位亲人。第二次世界大战后，他代表在大屠杀中惨死的600万犹太人发出疾呼，致力于追踪众多漏网的纳粹战犯。在他的努力下，大约1100名纳粹战犯被送上法庭。在他的后半生，他仍然与反犹太主义和种族歧视不断抗争。

一次，我问他，是如何让那些漏网的纳粹战犯送上法庭判他们有罪的，他告诉我："马克斯，我们不在乎法庭如何判他们有罪。我们就是想让那些人知道，他们要为过去的罪孽承担责任，他们的身后一直有我们在追踪着他们，让他们不能享受平静的生活。想想在我们如今生存的这个世界里，还有数目惊人的纳粹恶魔的躯体在这儿出没，我们的眼睛睡觉时都要睁开。我们这样做不是为了复仇，而是为了正义。" 2000年9月26日，不知疲倦的"纳粹猎人"在维也纳家中飘然仙逝，享年96岁。

在维也纳，年龄最高、集邮知识最为丰富的邮商是埃里克·斯坦纳，他也是我的一个重要客户。斯坦纳的集邮知识货真价实，为集邮者所景仰。说到集邮知识，我想多说几句。集邮知识来不得半点虚假，不能急于求成，要靠日积月累。集邮者不可不知天高地厚的忘了这一点。维也纳能出现6岁的音乐神童莫扎特，恐怕出不了6岁的集邮家斯坦纳。

我个人认为，斯坦纳是集邮界中邮识最为丰富的人。他是一位古典邮票的狂热收藏者，古典邮票一般是指1900年以前发行的邮票。斯坦纳的收藏大都是1840年至1870年间发行的无齿邮票，那段时间发行的邮票一般都没有齿孔。

一次我问他，"你就舍得把他那些集邮珍品售出吗？"他给了我一个下面的定义："邮票一旦售出，它就是一张没有一点热量的小纸片。可是在我心目中，那些邮票有春天般的碧绿，有水晶般的晶莹，有青铜器般的古朴。我舍不得出手。" 可谓一语中的，不愧是一代集邮大师的宏论。那位年近9旬的老人，虽然在邮海中经过无数大风大浪，却依然保持了纯良简单的心境，实在是难能可贵。

还有一次，我去看望他，他让我看了一件希腊早期邮票藏品，那是他刚刚花10万美元购得的。让我吃惊的是邮票的品相和它的珍稀，然后问他："斯坦纳先生，你有客户买这个藏品吗？"他答复说，他不急于出手，等待时机也是幸福的。2007年，他悄然离世，他的遗孀继承了他的藏品。

1998年5月，以色列邮政在特拉维夫举办国际邮展，我安排参加邮展的几位外国邮政的官员参观圣城耶路撒冷，他们之中有澳大利亚邮政的大卫，新西兰邮政的沃特森，皇家邮政的艾伦，中国邮政的高山。

我们在耶路撒冷参观了第二次世界大战期间犹太人残遭杀害的纪念馆，他们当中有许多人是第一次通过纪念馆亲身感受犹太人在第二次世界大战时遭受的磨难。

2007年，在布拉迪斯拉发的一个邮展上，一枚明信片吸引了我的目光。我看了好一会儿，觉得那件东西似曾相识。明信片上面有一个美军检查人员在1947年盖的印章。我认出了，太令人惊诧了，那张明信片是我寄出的，是我从捷克寄给一位居住在奥地利的集邮者，告诉他我们之间不能做生意，原因是我们不在一个军事区。

在海外旅行，我那爱感慨的性格肯定是要泛滥的。我总是买些明信片作为礼物，或寄给朋友，或自己留着。我觉得，如果不留下点什么，等到我们老了，老得只能在待在院子里晒太阳的时候，如何去缅怀曾经的岁月？那些如烟的往事，那些记忆中的人，总还是需要载体才能影像清晰。人生确实有许多虚无缥缈的东西，但还是有些摸得着、看得见的东西，比如明信片，比如手写的贺卡。天涯很远，有了明信片就能到达；天涯也挺近，收到明信片就可以用心触摸到！

时光如梦，温馨的记忆有时会在一瞬间失去，有时会显得朦胧，犹如裹上一层浮尘。不过，不要紧，只要有人轻轻掸去这层浮尘，过去的记忆就会光鲜如初。邮寄与收到明信片就如同掸掉浮尘，能够让人找到过去的温馨。凝望着朋友与亲人寄来的明信片犹如凝望着过去，慢慢的闭上眼，寻找着那过去的温馨，寻找那失去的记忆。

人们收到它，会让你在慢慢消逝的时间中找回那刻骨铭心的记忆，让你想到了旧情，想到了那刻骨铭心的爱。深呼吸，闭上自己的眼睛，在幸福中回忆着你我过去的温馨，就会有父母亲吻你的脸颊，朋友紧握你的手，情人紧紧抱拥你的感觉，一切都由"过去式"变成了"现在时"。

2010年5月，我到英国参加国际邮展。到了英国，给我留下深刻印象的不是永远湿漉的马路、永远略带阴霾的天空；也不是英国人的优雅与闲适，而是一句悠远的关于明信片的文字描述，英国著名记者杰里米·帕克斯曼说过："在英国人脑子里，他们的灵魂在家乡。那种家乡情结大概要追溯到19世纪帝国时代，那

我寄的那枚明信片的正反面

些远征殖民地的英国人思念故乡时，凭空把英国想象成带有浪漫色彩的乡村。战争期间，战场上士兵们收到印有教堂、田野和花园，尤其是村庄的明信片，所受到的鼓舞远大于无数次的挥动国旗。"

让家乡明信片的地位爬到了堂堂米字国旗之上，这可不是普通英国人的酸话，而是英国著名记者的名言。对明信片的魅力如此赞美，赋予明信片如此之高的地位，恐怕也是登峰造极的。

果不其然，如果你在街上走走，精美的明信片比比皆是，人们爱不释手。特别是一些风景明信片，素净的画面上采用村庄图景，那铜版画棕灰色的线条对比分明地刻勒出英格兰乡间的风情：教堂与老树，鲜花与嫩草，栅栏与木桥，还有三两农妇、漂亮的少女、散发着清香的草垛、悠闲自得吃着青草的羊群，让人情不自禁地深呼吸。哦，那是艺术与风景的交融，浓浓蛰伏在英伦三岛那浓郁唯美的古典气息中。

实际上风景明信片是1869年由匈牙利人埃曼纽尔·赫尔曼发明的，但那个点子是在维多利亚时代的英国才得到热烈的普及，并与哥特式建筑、庭院设计、纯朴乡村一起成为了英国的强项。

不过，英国的明信片也受到现代通讯的挑战，有人担忧英国对世界文化为数不多的独特贡献之一的明信片可能遭到威胁。其实，这种担忧是多余的。最近，英国的汤姆森假日公司进行了明信片调查，该公司的摩特谢德说："如果明信片在英国绝迹，我们就永远失去了一种对这个国家无比重要的东西。"苏塞克斯大学的玛丽·安格鲁对收寄明信片的重要性进行了研究，她也支持摩特谢德的看法。她说："明信片与电话以及通过手机瞬间发送的文字和照片完全不同。那些东西也很实用，但明信片会带给我们一些别的东西。它们不同寻常，也不只是有用，其中体现了想象力和个性。它们能带来真诚的问候，这是别的东西做不到的。它们也不是转瞬即逝的事物——有些人会年复一年地收藏它们。"是的，英国的收藏传统根深蒂固，而明信片是仅次于硬币和邮票的第三大收藏对象。

感慨之后说正事儿吧。20世纪90年代之前，除了匈牙利，我没有回过捷克等几个东欧国家。50年代末，匈牙利邮政当局给我寄了一张请柬，邀请我去参加在匈牙利举办的邮展。

匈牙利乏善可陈，要说特色，那就是，我身边总有两个人伴随，一位是来自邮政集邮部门的官员，我同他经常沟通业务；另一位就要打一个大大的问号，他是位秘密警察。跟随我们的警察是一位非常有礼貌的人，我们相处的很好。那个时候的匈牙利，外国人的安全是有充分保障的，因为你的行踪始终在警方掌控之中，那没什么不好。

90年代，我同墨尔本一位邮商理查德一起去维也纳，我们决定一起到波兰的波兹南参加一个邮展。波兹南位于波兰中西部瓦尔塔河沿岸，是波兰最古老的城市之一，是波兰历史上的第一座首都。由于波兹南的位置恰好处于传统贸易和交通线的交汇点上，那里经常举办大型展览。

去波兹南的最佳线路是从维也纳乘火车到达法兰克福，那里靠近波兰边境，可以乘便宜的出租车到波兹南。我们就订了一张邮展开幕前一天晚上的卧铺票。但是我们没有注意到，一天晚上同一个时间有两辆火车离开维也纳，一辆直接北上到波兰，停在靠近波兹南的东面；另一辆要经过布拉格到法兰克福。

火车离开维也纳后，我想先喝点咖啡，怕喝晚了会影响睡眠。列车员来敲我们的房门，要收我们的护照，列车员是想，火车经过边境时由他向边境检查人员出示护照，那样就不用叫醒我们了。列车员看了一下我的护照，对我说："你护照有问题。""有什么问题？"我不解地问。他告诉我："经过捷克需要过境签证。" 尽管我的同伴理查德有签证，可我没有。列车员对我说，"他们很有可能将你赶下火车。"

列车员给我出主意，当火车经过捷克境内时，将我秘密藏在一个车厢的顶棚上。我想到了当年犹太人为躲避德国纳粹迫害，很多人秘密躲藏起来。身为一个自由的公民，我对此甚为恼火。我回答他，秘密躲藏的年代已经过去了，我不愿意再有相同的经历，多一次都不想。我宁愿投身于温暖的车厢内，不管有多大的空间，即使狭窄也是一份安慰。看到我态度如此坚决，列车员只好将护照还给我，火车继续朝着边境的方向行驶。

我睡在下铺，午夜时分，一阵急促的敲门声将我们惊醒，赶快揉开惺忪的双眼，一位捷克边境士兵哭丧着脸要求出示护照。我早就将一张50美元的现钞夹在护照里，递到他手中，对他说"这就是护照。"士兵嘿嘿一笑，说了一句："谢谢"非常自然的把钞票收起，将护照还给我。

当东方出现鱼肚白的时候，我们到达了目的地。在法兰克福下了火车，经过一座桥进入了波兰，然后乘出租车到达波兹南。我注意到了，东欧那些年变化不大。

有一次和朋友艾克·斯特恩驾车从维也纳到布拉迪斯拉发。艾克是墨尔本钻石商人，我们俩经常一起外出。两个人长时间在一起厮磨，硬生生磨出了默契的配合。可是我们俩事前没有办理签证，要到边境得到旅游签证。当我们到达边境时，有长长的旅游团和货车司机排着队等待签证。由于我们在那只待一天，因此，我们必须尽快得到签证。

按规定，我们应该老老实实地排队，要是那样可就不知道何时才能得到签证。艾克认为规定不是法律，应该有回旋的余地。急中生智，他示意我买点东西送给签证官，我心领神会。正巧，在奥地利边境的一个餐馆有美国万宝路香烟出售，我过去买了一条。我敲了敲设在边境上的一个紧紧关闭着的边防窗户，一位负责签证的官员将窗户打开，我把两本护照和一条香烟递了过去，告诉他们，我们只在布拉迪斯拉发待一天，没时间排长队等签证。那位官员说了一句"没问题。"5分钟后，我们就得到了签证，顺利地进入布拉迪斯拉发。

在经营邮票时，我从来不考虑邮票的政治因素。我经营美国邮票，当时捷克还是共产党当权；我经营红色中国的邮票，当时是"冷战"时期。当古巴危机发生时，有人问我，"你怎么能经营苏联邮票？"我回答："邮票就是邮票，不是苏联邮票。"今天，我和朝鲜或伊朗邮政官员都有联系。其实，邮票和政治没有关系。

2000年，我在伦敦遇到一位重要的邮商马绍尔·兹卡。一个偶然的机会，他提到了他的祖父曾经是布拉迪斯拉发的一个银行的经理，也喜欢集邮。我对他说："是不是米勒斯·姆勒？"不出所料，果然是他。1938年，我和他的祖父做过生意，72年后的2010年，我和他的孙子做生意。我喜欢那句话，"在邮票这个行当里，有趣的事天天都在发生，能感觉到一天一个惊叹号。"

31

新的方向

我根据世界集邮市场的特点和调查分析得出：欧洲集邮市场喜欢专题，集邮者注意邮票的选题；美国市场喜欢时尚，集邮者注重邮票、邮品的新鲜感；亚洲市场偏重产品的投资及升值保值，追求邮票的利润。各国邮政、邮商都要根据所面对的市场特点、消费爱好，认真选择经营方向。

澳大利亚传奇人物邮票

托尼·西尔茨是澳大利亚邮商协会的现任主席。我们之间的关系非常之好。托尼很小的时候就在我的店里工作，后来他自己开了个店，主要经营邮票和钱币。

1995年，我们俩一起参加在印度尼西亚万隆举行的邮展，同行的还有澳大利亚邮政市场部经理格雷姆·约翰。

万隆这座城市仍然散发着曾让异想天开的旅行家们称其为"东方巴黎"的那种已经消退的魅力，大大小小的街道点缀着现代化的装饰。这座印尼的第四大城市与周围吞云吐雾的火山一样，很有个性。

一天晚上闲来无事，约翰请我们俩喝咖啡，交谈中，他对我们说，想在1月26日发行一套"澳大利亚传奇人物"邮票来庆祝澳大利亚"国庆日"。那些邮票将在澳大利亚日的悉尼和墨尔本的庆祝活动中发行。澳大利亚邮政是每年一度的国庆日午餐会的主要赞助商，那种午餐会我也经常被邀请参加。约翰强调，传奇人物一定是社会公认的著名人物，要由澳大利亚邮政组织的推选活动选出来的。

我和托尼在旁边听着万分震惊，心想这叫什么邮票呀，全乱套了。我脱口而出："世界上各国邮政有一个规矩，就是活人，除了英国王室人员外，一般都不能上邮票。"我们俩对此都表示反对，认为那不符合规矩。即使在美国，他们也在坚持活人不能上邮票这一规矩。然而，约翰不顾我们的反对，坚持向前走。他坚定的认为："鞋子是为脚设计的。改革困难，不改革就更困难。别的国家不行的事在澳大利亚不一定不行！"他的话直击心灵，让人回味无穷。我不禁多看了他两眼，他身材高挑，严重谢顶，拥有健康的小麦色肌肤和与年龄不相称的成熟。

看来，为活人发行邮票是约翰绞尽脑汁，不知经过多少不眠之夜找到的灵感。他提议发行的传奇人物是唐·布拉德曼，布拉德曼作为澳大利亚历史上最杰出的板球运动员，一生创造了很多后人难以逾越的纪录。在20年的运动生涯中，他曾创造了平均每场得99.9分的纪录(优秀选手的平均得分一般为40至50分)。他的球技太出神入化了，一下子就把观众的心抓住了。

布拉德曼是出现在澳大利亚邮票上的活着的第一人。1997年，邮票如期发行了，销售异常得好。

在过去的几年，澳大利亚传奇人物邮票被证明是最为成功的一套邮票。目前，这个系列还在继续，2010年，传奇人物邮票是最为著名的澳大利亚当代作家。

邮票发行上还有一个规矩就是发行邮票来纪念名人的生日而不纪念去世。布拉德曼又一次破了那个规矩，当他成为上邮票第一个活人时，他的家庭和澳大利亚邮政签署的协议中规定，待他去世后，还将为他发行邮票。2001年，布拉德曼去世，澳大利亚邮政又为他发行了一套传奇人物邮票，同样受到集邮者的热烈欢迎。

个性化邮票——大卫·梅登的设想

1991年年末，大卫·梅登接替了鲍威尔，担任澳大利亚邮政集邮部的经理。他在那个位置上一直干到2002年的9月，我相信，他是在那个位置上最具有创造力的经理。

他一上任就想提高本国人民对集邮的兴趣，他知道集邮收藏需要一些新的元素和一些政策的变化。他立即开始策划1992年巴塞罗那奥运会的邮票，澳大利亚邮政发行了一套4枚邮票得到世界范围内的欢迎。大卫又恢复了集邮月，还为年轻的集邮者在集邮月期间发行了一套"恐龙"邮票。

一次，我俩一边吃午饭，一边聊天，我问他对集邮经营有什么想法。大卫放下刀叉，急切地提出了许多好的设想，语气谦恭而不妄自菲薄，他的设想让我啧啧称奇。掐指算来，他到任不久，没想到他对集邮市场把握那么准确，一些想法又那么贴近市场。

我当时的表情用惊呆二字形容绝不过分，急忙问他，如何得到那些好的想法的。须臾，他告诉我，对他来说，想法的来源还有一些秘密的小径，就是早晨醒了以后马上淋浴，一边淋浴一边遐想，他的好些想法是在淋浴时形成的。他觉得那个时候思维最活跃，但一从淋浴室出来就完了。不过，他可以用晚上的淋浴来弥补，把早晨淋浴中产生的想法再过一遍。

大卫·梅登被称为"澳大利亚集邮创新之父"，在他所有的贡献中，首推把个性化邮票介绍到澳大利亚。个性化邮票是在通用的邮票旁附上一枚空白的带有齿孔的区域供使用者使用。

一开始，澳大利亚邮政对此有些犹豫，主要是生产和审美方面的问题。我也给他泼冷水，担心宗教和政治题材。大卫叫我放心，他已经考虑好了严格的政策界限。澳大利亚是世界第一个发行个性化邮票的国家，发行始于1999年。

从那以后，世界上的发达国家邮政都发行了个性化邮票，个性化邮票专题的收藏者也大量出现了。个性化区域图案也在扩大，除了自己的面孔外，人们喜欢用自己孩子的照片、自家的宠物、汽车及结婚的场景等。澳大利亚邮政还为在悉尼和北京奥运会获得金牌的澳大利亚运动员发行了个性化邮票。

约翰发行传奇人物邮票是一种创新，大卫倡导个性化邮票也是一种创新，我看到了澳大利亚发行邮票的希望，毕竟薪火相传也是一种光荣使命，创新可以使平常的邮票发行化腐朽为神奇。

我逐渐喜欢上个性化邮票，爱尔兰邮政为我印制了个性化邮票，我的个性化邮票还来自中国、匈牙利、以色列和澳大利亚。

我认为，大卫对集邮界最大的贡献是发明了个性化邮票。此外，他在墨尔本展览中心成功举办了99年国际邮票展览，也受到集邮界的高度赞扬。那届展览的主题是海洋，那是一般在国际邮展中很少涉及的主题。他还独具匠心地将所有的销售摊位设计成船的形状，那种的奇特装饰，显示出集邮气场的强大。

大约在2005年前后，大卫在澳大利亚邮政集邮部经理的岗位上退休，他是一个极有爱心的人。退休后，他完全可以享受晚年生活，修身养性，颐养天年。可是，他和夫人朱蒂主动到中国广东粤北艰苦的山区的一所小学里教英语，在那里和山区的儿童度过了两年多的美好时光。

2008年北京奥运会前，大卫由于具备在澳大利亚邮政集邮部工作的经验，被国际奥委会聘为分管邮票知识产权的经理，他重新出山，到瑞士洛桑的国际奥委会总部工作。在那个重要的岗位上，他轻车熟路，驾轻就熟，充分发挥出自己的聪明才智。2010年温哥华冬奥会后，大卫离开了那个岗位。

我与大卫·梅登在一起（右一）

用我第一本书封面制作的个性化邮票

2000年悉尼奥运会我的个性化邮票

32

不断转换的环境

本世纪初，各国邮政都在经历着一个共同的社会变革，科技进步、通信业的迅猛发展，在强烈地冲击着邮政业务，邮政如何发展成为各国邮政思考的话题。他们必然会对邮票的选题、设计和邮票经营做出一些新选择，不可避免地会影响传统意义的集邮活动。

澳大利亚邮政集邮业务的战略做出适度调整，提出"保持并收获集邮市场，通过向纪念品客户（偶尔购买邮票的客户）销售邮票来寻求新的业务增长点"。他们调整的依据是集邮业务是一项成熟的业务，在现有的基础之上扩大市场规模是很难的，拓展费用也十分昂贵。他们把目标确定在服务于市场上，从市场上要效益。

那段时间，集邮业务增长的主要原因是某些邮票被一些客户当作纪念品购买。起初，他们没有认识到那些是业务发展的一部分，后来有意识地发展了那块业务。他们认为：集邮者固然重要，但他们并不是集邮业务发展的全部。要选择对邮政来说有美好前景的消费群体。他们认为，除了集邮者之外，还有一批有钱花不出去的人，那就是公众。

还有一些人、一些团体购买邮票都不当邮票来收藏，他们把它当作纪念品来收藏，或拿它来纪录某件事或某个他们感兴趣的话题。这些人不是集"邮"，而是集"纪念"，而邮票不过是纪念的载体而已。

今日的集邮市场竞争已经演绎为综合实力和整体素质的较量，演化为经营决策的较量。选择正确的经营方向，已成为邮票经营中的"重中之重"，是集邮战略谋划的第一要务。

　　邮票的经营一定要适合市场需求，避免盲目性，紧跟市场最新动态。为此，一定要保持灵敏的商业嗅觉，澳大利亚邮政发行"板球"邮票，他们不是为了取悦集邮者，只是为了取悦板球爱好者；他们改变了过去一成不变的发行政策，邮票图案更多地表现活人，以此来表明澳大利亚邮政是一个勇于创新、有时代感的机构，不想把自己封闭在过去的圈子里面。

　　服务面越宽，邮票的经营就越容易稳定。后来，澳大利亚邮政还发行了"摇滚音乐"邮票，他们知道这种邮票好卖，他们也愿意冒冒风险，购买这套邮票会给人们以追求时尚的感觉；他们还发行了"汽车"、"洋娃娃"和"玩具熊"等邮票，因为他们了解一些公众会因为喜欢这些邮票而购买。

　　澳大利亚集邮策略的变化，并不是说要把集邮者放在次要的位置或者要准备放弃他们，相反，澳大利亚邮政认为集邮者仍是他们重要的顾客，将来这种看法也不会改变。为此，他们仍然坚持每年10月组织集邮月，仍然按部就班地举办澳大利亚世界邮展。

　　那么，澳大利亚集邮者对这种战略上的变化有何反映呢？这种变化是一点一点进行的，不是突然间的变化，因而他们有时间来适应这种方向性的变化。当然也有一些人不再集邮了，但是，澳邮政并没有因为失去这些人而影响了收入，相反，他们的集邮业务在稳步上升。

　　明确了邮票经营方向之后，澳大利亚邮政才能够游刃有余地在复杂的市场环境中集中全部财力、物力、人力、信息等各种资源，做出辉煌的业绩。

　　迫使澳大利亚邮政改变其集邮发展战略的另一个重要原因是，他们意识到邮票是一个十分重要的邮政总体形象，一种可视符号。如果他们邮票设计的新颖、漂亮，题材丰富、有时代气息，那么邮政机构就有了同样的形象。如果邮票设计的保守，四平八稳，色彩暗淡，题材陈旧，那么邮票的这种形象，就会使整个邮政显得没有生机。

　　1995年年末，投资市场发生了转换，很多人把钱投入到个人理财和股市市场，这种变化很快那就成为一种全球现象，并影响到集邮市场。一些人把自己的邮票卖掉，转向了股市。不过那时的投资理财产品仍然有限,在股票、基金等主流金融产品投入较大、风险相对较高的情况下,非主流金融产品迅速进入人们的视野，邮票就是其中之一。但是，当时很少有大的企业主、专业投资人士向集邮市场注入大笔资金。

我相信年老的澳大利亚人，有时间、有精力、有钱，可能成为邮票收藏者。传统的做法是鼓励年轻人集邮，但现在很少有年轻人对集邮感兴趣了。这样，悖论产生了，现在我们应该考虑在老年人中宣传集邮活动，指导他们参与集邮。

澳大利亚邮政没有别的选择，只能提高邮票的发行品种，才能完成他们的收入计划。从下表就可以看出1951年至2010年间，澳大利亚邮政发行的邮票面值的变化：

年份	总枚数	总面值
1951	8枚	相当于0.45澳元
1965	14枚	相当于1.8澳元
1975	29枚	4.72澳元
1985	40枚	17.86澳元
1995	51枚	32.55澳元
2005	73枚	58.4澳元
2010	108枚	93.6澳元

列表说明：澳大利亚本土发行的邮票（不包括澳大利亚海外领地发行的邮票，有背胶的邮票（不包括不干胶邮票），它们包括小全张。此表清晰地展示出这些年邮票枚数及面值的变化。

邮票收藏消费的提高也带动了集邮用品价格，比如邮票目录价格等的提高，特别是那种图文并茂年册价格的提高。例如，1995年，购买全年邮票为32.55澳元，花费在年册上是46澳元。这种趋势在继续，就是花费在邮票和年册之间的巨大差距。这是一个不令人欢迎的差距，购买年册的支出大于购买邮票的支出。

对于一般的集邮者来讲，集邮不再是一种资金上的负担了，是纯粹的对邮票的热爱，从收藏活动中得到的享受使得他或她对那项爱好始终保持着热情。

我现在相信，东欧和中国的集邮市场在扩大。在东欧的许多国家，成千上万的受过良好教育的人参加由政府组织的各种集邮活动。虽然，那是上个世纪50年代的事情，可那种喜好仍然得到保留，随着经济形势的好转，让他们在集邮市场上异常活跃。中国的情况类似，经济的迅猛发展促使更多的人参与集邮活动。今天，中国的集邮活动依然非常活跃，显示出勃勃生机。

在东欧和亚洲，邮票的价格异常坚挺，人们还在不断地丰富自己的收藏，集邮还被他们认为是一种安全投资的一种方式。这一现象，可以在中国、俄罗斯、泰国、马来西亚和日本等得到证实。他们大多数人以收集本国邮票作为集邮活动的开始，然后扩大他们的收藏范围。所有这些，导致整个世界的集邮市场充满着活力。

澳大利亚的邮商只是经营邮票市场的一部分，他们当中确实存在着激烈的市场竞争。那对集邮者是件好事，而随着人们消费的提高，经营邮票成本的不断提高也对邮商不利，找到平衡点是关键。

33

档案收藏

1985年12月，澳大利亚邮政对澳大利亚集邮协会宣布，他们有意出售邮政自己档案中的邮票。一时间舆论哗然，那场交易引起人们的愤怒，人们认为它会毁坏集邮市场。争论中，我心里竟泛起一丝快慰，因为我是唯一一位投赞成票的，还为此总结出有利于集邮交易的理由。

1986年5月，澳大利亚邮政同澳大利亚邮商协会达成协议，在澳大利亚市场监督顾问委员会的监督下，1987年3月，澳大利亚邮政将他们的部分档案藏品出售了。当时，澳大利亚邮政集邮部的经理是罗伯特·考利尔，他在1987年7月离开了那个岗位，继任者是约翰·鲍威尔。

澳大利亚邮政很快考虑销售第二批档案邮票，鲍威尔承受着前所未有的压力，他有点愁眉不展。他把我叫到他的办公室边喝咖啡边讨论继续销售档案邮票可能带来的影响。我知道，反对者的态度对他的决策有极大的影响。

我的态度是档案邮票由于是邮票发行的最早的资料，因此，它比普通的邮票更有价值。在我的鼓励下，鲍威尔坚定了信心，1987年11月，澳大利亚邮政销售了它们的第二批档案邮票，那些邮票都被收藏澳大利亚联邦邮票的雷·钱普曼购买，他的藏品包括考拉、乔治五世邮票，其中很多珍贵的邮票他是在我的店里买的。时至今日，当初澳大利亚邮政销售的档案邮票价值非常高，追逐者趋之若鹜，比我当初预计的价格还要高出很多。

澳大利亚的邮政服务在过去的日子有很大的提高，尽管这些年他们的职工的数量在减少，但服务质量没有变化。这些年，邮件的数量也在减少，可是今日的邮政服务还是可以信赖的。现在，私人的邮寄公司出现了不少，我也经常和他们有接触，可我还是邮政忠实的客户，他们也从来没有让我失望。

34

七嘴八舌话老马

澳大利亚勋章

1999年6月，马克斯·斯托恩获得女王诞辰日颁发的"澳大利亚特殊贡献"勋章。荣誉证书上写到："为你在集邮领域的服务，特别为你在海外宣传推广澳大利亚邮票。"他的提名得到了邮票贸易伙伴、邮政当局以及集邮者的支持。颁发勋章仪式在墨尔本举行，当时的维多利亚总督参加。女王诞辰日颁奖活动无疑是澳大利亚人民生活中的一件具有重大影响的事情。而对于获奖人来说，奖励给他们带来的则是莫大的荣誉。

澳大利亚集邮勋章获奖引文

澳大利亚集邮协会新闻（2001年10月）

澳大利亚集邮勋章是澳大利亚集邮协会1994年设置的，奖励当年对澳大利亚集邮界最有贡献的人物。1994至2000年，所有获奖者均为澳大利亚的集邮者。2000年，澳大利亚邮政的大卫·梅登第一次代表邮政主管部门获此殊荣。2001年，马克斯·斯托恩获得了这项荣誉，这是澳大利亚邮商中的第一位。

当时的澳大利亚集邮协会发布的新闻是这样报道的：

马克斯的公司是澳大利亚最大的集邮零售公司，现在还代表世界上30多个国家邮政在澳大利亚代理他们的邮票。1963年至1965年，他创造性地筹办了赠送邮票活动，并通过那一活动带动了60年代至70年代的集邮热。1970年，他获得维多利亚集邮协会的特殊奖励。

马克斯帮助建立了维多利亚集邮协会，并多年担任过会长和秘书长。他还是澳大利亚邮票宣传委员会的成员，这个委员会后来演变成澳大利亚集邮协会。

1974年，他参与组织了第一届全国邮票日，这项活动后来成为全国邮票收藏月，是澳大利亚邮政每年都要组织的集邮宣传活动。

1979年，他成为第一位澳大利亚邮票价值评估员，1982年，他对澳大利亚邮政提出84年澳大利亚全国邮展集资方案。他是84年澳大利亚全国邮展的贸易顾问，组委会成员。

1988年，他参与组织了澳大利亚与美国和英国的联合发行。他还参与了同苏联联合发行邮票的谈判。马克斯很多年前就是澳大利亚邮政国际市场营销的顾问，也代表过澳大利亚邮政到国外参加一些国际邮展。他是澳大利亚皇家造币厂的官方代理，是国际邮商协会的终身荣誉会员。

拉瑞斯·伯斯（丹麦人），国际邮商协会荣誉秘书长

在2006年的国际邮商协会的年度会议上，拉瑞斯·伯斯说：

今年85岁的马克斯·斯托恩，成为国际邮商协会领导层成员已经20多年了。据我所知，他是在协会领导层工作时间最长的人。马克斯是世界邮票交易界最老的邮商，现在仍然奔波于世界各地从事邮票交易活动，他总是在努力推动世界邮商协会中的各项活动，促进协会与各成员之间的合作。他是世界集邮界集邮知识、专业水准最高的邮商。

马克斯用各种方法开发协会会员专业水准，并且多次获得奖励。这些奖项包括澳大利亚勋章、澳大利亚集邮协会勋章，澳大利亚集邮协会终身荣誉会员等。

不巧的是马克斯本人无法参加本届年会，国际邮商协会理事会决定授予他为国际邮商协会终身荣誉会员，我向他表示祝贺！

瑞克·阿沃纽，美国邮政总局集邮部经理

我和马克斯·斯托恩相识大约是在1994年，他是一位真正的世界级的集邮大使。在世界集邮圈和外国邮政的心里，他是一位著名的偶像。他对集邮知识的了解和激情帮助过许多人。在我担任美国邮政集邮部经理期间，他介绍我熟识了亚太地区集邮市场以及亚太地区邮政部门的许多领导，也介绍我熟识了许多个体邮商和集邮者。

马克斯向我展示了亚太地区集邮市场的魅力，特别是上个世纪90年代中叶在香港举办的国际邮票展览，我看到许多集邮者排着长长的队伍站在展场外面等待邮展的开幕。我从来没有见过那么长的队伍，场面十分壮观，排队的人群经过几个街口。

作为亚太地区的邮票销售商，马克斯帮助美国邮政在那个地区取得了非常好的销售业绩。我在世界上的许多地方见到过他，从香港到上海、北京、新加坡、悉尼和墨尔本，同他见面的经历让我终生难忘。他是集邮界的教父，更是一位亲密的朋友。祝愿马克斯身体健康、生意兴隆！

高山，中国邮政广告公司总经理

我想为马克斯的第二本书写几句话，这本书介绍了许多他自己亲身经历的集邮事件，相信他的书也记载了当代澳大利亚的集邮历史。

我同马克斯的相识已经有20多年了，双方的交往充满了硕果，我见证过他的精神世界，特别是对世界集邮界所做的贡献。

他是一位真正勇敢的人，他在他的书中称为我是朋友，令我骄傲！

真诚地祝贺他的书出版发行！

托尼·西尔茨，澳大利亚邮商协会会长

当我只有13岁的时候，我作为少年集邮者获得了一个奖品。颁奖时，马克斯笑眯眯地努努嘴对我说，长大后要找工作就去找他。长大了，我真的从事了集邮经营，不过一开始是在另外一家邮票店帮忙。1971年至1976年间，我投奔了马克斯，到他的邮票店工作。他是我真正

的老师，他知道我集邮，因此，他对我有一个规定我一直没忘，他不在店的时候，不允许我在店里买任何东西。

我想在世界集邮圈内，没有人比他更有经验，没有人比他识得那么多的集邮人，特别是他同东欧和中国人的关系，真是令人羡慕呀！

马克斯总是在跑，他不会停下来。每年圣诞节前，他都要给他的客户送一些礼品，让我将礼品包好，然后挨家挨户送去，马克斯也跟着去。他总是跑到我的前面，对我喊："快点！"

一一次，我正在接待一个客户，客户提出要按比报价低很多的价格购买，他提出的价格确实太离谱。在柜台后面办公室坐着的马克斯看到了发生的一切，他走出办公室，用异样的眼光看着我。然后，他提高声调对客户说，我的东西都是货真价实的，你怎么能用那么低的价格买我的东西呢？那是我第一次见到马克斯用那种语调对客户说话。

马克斯喜欢用自己的方式进行交易，似乎他对在一场辩论中的胜利大于赚钱。一次，我们的店里来了一个脏兮兮的仁兄，他想买一枚标价为600澳元的钱币。马克斯给他打了一个折，报价为525澳元。那位仁兄说他只出400澳元。马克斯对他说，我已经给你打折了。那位还坚持只付400澳元，看到马克斯不答应，一拍屁股离开了邮票店。马克斯判断出他会马上回来，立刻将那枚钱币的价格改为900澳元。不出所料，那位仁兄不久就回来了。他对马克斯说："好吧，我同意525澳元的报价。"可是，马克斯对他说："不行了，老弟，这枚钱币已经涨价了，现在是825澳元了。"

马克斯和我恐怕是参加国际邮展最为重要的两个澳大利亚商了，参加国际邮展器宇轩昂那是必须的，因为你代表着自己的国家。我的弟弟也和我一起经营邮票，在重要的国际邮展中，我们哥俩至少有一位会到场的。我们在伦敦国际邮展上见到过马克斯的身影，可是其他澳大利亚的邮商几乎看不到，他们嫌远，为了省钱，他们一般会选择较近的新西兰参展。其他在东京、丹麦、泰国举办的国际邮展，马克斯和我是为数不多的在现场设摊位的澳大利亚邮商。

我同意那个观点，许多年轻的集邮者离开了集邮市场，可是我们的邮票生意规模在不断扩大，我们的利润在逐年增加。集邮是一项需要在心理上进行刺激的活动，现在的集邮者都是一些退休的老年人，或者说50岁以上的人，不过，他们有钱，也有时间，更喜欢利用集邮进行投资。

大卫·费德曼，日内瓦的世界著名拍卖师

我从事邮票经营是在1967年，第一次见到马克斯是上个世纪70年代，那时我23岁。我俩从那时起就经常一起到各地转悠，一边寻找适合收入相机的景色，一边购买珍稀邮票。他介绍我进入马卡比足球俱乐部，他在那里踢右后卫。

他是一位迷人的爷们，浑身都是力量，主意层出不穷。从那以后，我们经常见面，发现他在许多方面都有过人之处。他极有幽默感，他的身体如此之好，也许是他早期的经历使然。

他对任何事物都采取积极的态度，如果事情很棘手，他的态度也不会消极，总是能看到事物光明的一面。我见到的他脸上总是布满着笑容，即使有不高兴的事情，脸上也看不出来。他对周围的人总是充满着善意，友善地对待着他人。

马克斯是集邮领域的成功者，他的成功秘诀在于他的辛勤工作；另一个让他获得成功的原因是他的头脑一刻不停，很多事情的细节他都认真思考。在柜台前，他会说，"这枚邮票是那个架子上的，它的售价是多少。他一共挑了32枚邮票，不是33枚。"是呀，上帝如果不让他成功，那么多相信"天道酬勤"的心该往何处安放呢？

我们在一起做生意很少，因为涉及的领域不同，我搞拍卖，他搞经营。他现在的很多客户还都是从他那里一枚一枚购买邮票，然后插在自己的集邮册里，他仍然不厌其烦地为他们服务。

他知道，那种顾客的数量在减少，但并没有消失。因此，他也要为他们服务好。人们都喜爱马克斯，因为人们可以在他那里买到称心的邮票，同时你有邮票也可以卖给他，他可以把这些邮票重新卖掉，或将其装在混合袋后卖掉。马克斯对他们总是报以灿烂而温暖的笑容。

我在一些邮展上经常能见到他，那种邮展我一般都要租一个摊位，摊位上有我公司的名称，主要是为了形象宣传。他也有摊位，一般是代表一些国家邮政参展。我们俩经常一起周游世界，当然，在集邮界我们俩都很有名。最近，我们有两年没有见面了，但是我们是好朋友。他经营邮票很多年了，在集邮界的声誉有口皆碑。

我珍藏着一张我和他在网球场隔网握手的照片，那是我们在里约热内卢拍摄的，1983年7月我们一同到巴西参加一个国际邮展。

凯文·达菲，澳大利亚邮商协会终身荣誉会员

我和马克斯的友谊可以追溯到60年前，期间，我们一直保持着密切的关系。上个世纪70年代，我们俩参加在德国的杜塞尔多夫一个交易所举行的大型国际邮票交易活动后一起到过布达佩斯。

他先是建议我到维也纳去看看，带我在城里转一转，然后给我介绍一些邮商朋友。我没有告诉他维也纳我已经去过几次了，但我知道他会给我介绍不同的维也纳。

他建议我们一起租一辆小汽车，然后开2至3个小时到布达佩斯，在那里我们分别同匈牙利的集邮部门有业务要谈。

我们一起在维也纳逗留了3天，马克斯带我到一个高档的咖啡厅，那个咖啡厅只是对持有外国护照的人开放。我对他说，我对咖啡店里角子老虎机、21点和轮盘赌都没有兴趣，我总是觉得赌博挺令人厌烦的。马克斯对我说，他可以为我下注。他从兜里掏出几百美金换成筹码，把筹码放在两个手中。他说，左手的筹码是他的，右手的筹码是我的，然后他用两只手下注，也就是15分钟的工夫。

短短10几分钟结束了，他把用"我的筹码"取得的"战利品"放到我的手上，让我数数看；而"他的筹码"获得"战利品"同我的一样多，15分钟之内手中的筹码起码翻了三番。我意识到他不是在赌场赌博，在他的思维中不应该有"损失"，那仅仅是另一个赚钱的机会。

第二天，我们驾着租来的小汽车赶到了布达佩斯。"冷战"期间，我们同东欧国家的所有商务谈判，对方都有共产党官员和当地的贸易人

士共同参加，以保证达成的合适的协议。同以往一样，那天晚上当我们同匈牙利集邮部门的代表举行业务会谈后，他们宴请我们。宴请中，我们注意到了参加宴会的人就有政府的代表，因为，那些人我们太熟悉，他们也总是陪着集邮部门的业务人员到澳大利亚访问。

当我们离开匈牙利返回维也纳时，海关官员注意到他拿的是旅游签证。当时，对持旅游签证的人有一个规矩，就是不能在同一个关口进出，必须是一个地方进关，另外一个地方出关。因此，他要求我们驱车赶往另一个关口，而且态度非常之坚决。马克斯会讲匈牙利语，他同那位官员对付了半天，最后他同意我们从那个关口出去。

在我们回维也纳的路上他跟我谈了一路他过去的经历，我知道，战争年代，他为了邮票生意经常那样出入，把出入边境看成小菜一碟。

如今，马克斯已老，我亦然，但是我们之间的友谊与记忆历历在目。

约翰·鲍威尔，澳大利亚邮政集邮部经理

大约是1992年的一天，我和马克斯等几个朋友在德国埃森的一个饭店里享受到一顿饕餮晚宴，那是个惬意的夜晚，不过，马克斯余犹未尽。他从花店老板那里买来了一大篮玫瑰，送给饭店里的每一位客人，大家笑得简直天花板都快震下来了。就那样，一个晚上的时光在欢声笑语中度过了。

他给饭店的伙计留下了深刻印象。那天的晚餐结束已经是深夜了，唯一让他打包带走的是他喜爱的两块巧克力。

那是一个令人难忘的夜晚，我们愉快地从饭店走回我们居住的酒店。路上，他兴致勃勃的将手中打包的巧克力当作飞盘投向我们每一个人，我们走在空无一人的街道上一点都不寂寞。不可否认，我们的笑声肯定会打扰深睡了的街道两旁的居民。

也就是在那段时间，我陪马克斯回到了他的家乡。据他介绍，那是他战后第一次返回自己的家乡。对他来说，那是对个人感情巨大冲击之旅，有太多难忘的回忆，也有无情的伤害。那些他十分熟悉的建筑依然

矗立在那里，上面布满着战争的疤痕。

马克斯在边境填写入境表格时显得异常紧张，他把我的详细情况作为资料填到他儿子那一栏。善意的谎言，有时管用。我知道他只有两个女儿，他之所以那样填表，就是不想花时间去向边境的官员做过多的解释，从而轻易地通过边防检查。

我们同马克斯的弟弟库尔特一起吃了一顿午饭，他是专门从伦敦飞回来见他哥哥的。那天晚上，我们住在布拉迪斯拉发，原来计划只在那里逗留一个晚上，他建议多待一个白天，到其他地方看看。他没有错过在那里逗留的短暂的机会，他从旅馆前台换回几捆的当地的货币，那是一种新发行的纸钞，他要带回澳大利亚销售。

1989年，我和马克斯代表澳大利亚邮政赴前苏联进行业务会谈，探讨联合发行邮票事宜。东道主把我们从机场接到饭店就回去了，时间太晚了，餐厅没有晚饭。好在他随身携带了几块水果糖和饼干，我们在自动售货机上买了点水，就着饼干吃了一顿晚饭。

那一次在前苏联，他从出租汽车司机手里以对我们极为有利的兑换率用美元购进了当地的货币，我们自认为当地的银行已经关门了，其实我心里清楚，当地银行的兑换率要大大低于出租司机。

在我们居住的房间外，有一位身材硕健、大块头的妇女始终坐在一个桌子旁。再清楚不过了，她在监视我们的一举一动。我们要自己控制住自己不要同她开任何玩笑，那时的苏联，人们是不能有半点的幽默。

据我所知，早餐是包括在住房费里的，但我们要另外付2个戈比买一袋茶叶，然后要一壶开水将茶沏好。

马克斯是一个很好的旅行伙伴，跟他在一起，你永远不会感到乏味。可是，你要具备和他一样强壮的身体，不过，他平日只需一杯咖啡，几块饼干和两个，对不起，三个冰激凌。

大卫·梅登，澳大利亚邮政集邮部经理

鲍威尔上文提到的德国埃森的那个饭店吃饭我也在场，我和其他参

加埃森国际邮展的各国邮政的代表都来到那个饭店吃晚饭。那是一家意大利餐厅，马克斯也去了。

话说那天晚上，一位卖花的花贩在向客人兜售玫瑰，一欧元一束。不过，生意似乎不太好，价格不便宜，没有多少人问津。他把整篮子的玫瑰统统买下，当着花贩的面，每个桌子他都走到了，将鲜花送给在场的每位客人，祝大家"幸福"。"有福之人"看出来那是在调节气氛，给出了"齐刷刷"的掌声，接到花后捣蒜似地点头，不停地发出愉悦的笑声。他把空花篮还给了花贩，花贩很幽默，开玩笑说饭店外还有很多玫瑰，问他还需要多少？自然又引起大家的哄堂大笑。

马克斯是热爱生活的化身，他以积极的态度对待每个人、每一天、每件事。他喜欢在自己的院子里种许多花草，人们在网上种的花草也没有他院子里的那么多品种吧！如果用一杯水来形容他的话，不是半杯水，水都溢出来了，而且还有潜力。

他的经验和经历来自第二次世界大战，那个给他带来创伤的年代。他失去了很多的家庭成员，他经受过集中营的蹂躏，他遭受过死亡行军的痛苦。如果他为此成为寡言少语的人，一个消极的人，一个苦涩的人，大家都能理解。可是，见过太多死亡的他没有那样，相反，他积极面对生活，面对过去的苦难和折磨。

当我担任澳大利亚邮政集邮部经理后，那是1991年，我对邮票经营一窍不通。我的前任鲍威尔告诉我，群体的智慧有时是愚蠢的，要补上集邮这一课最好的办法就是找一个人——马克斯。我接受了他的建议，在我上任的第一周，就到马克斯的办公室报到，和他一起喝咖啡。我向他提出了无数个问题，然后倾听着这位教父般的长者的教诲，不仅仅是邮票，还有生活。

我从他那里上的最为重要的一课是："与其锈坏，不如用坏。"此言甚善，他的意思我明白，集邮业务如何发展需要不断的思考。他鼓励我要从积极的角度看待生意和生活上的事情，关注度要集中在重要的事情上，比如家庭和忠诚。他最优秀的品质就是快乐，同他在一起，人们永远不会郁闷。与他相识的人都多少知道一些他的奇闻轶事。

彼特·巴塔博士，马克斯·斯托恩的牙医

作为马克斯的牙医，受他的影响，我也是一位热心的集邮者，收藏邮票好多年了。我家离他的邮票店不远，不过进入我家要爬一段楼梯。每次，他来访，都是全力奔跑一步3个台阶，他是有意识地进行锻炼。他60岁的时候和我的儿子在一个足球队踢球，奔跑的速度不比年轻人差。显然，每天吃一大块莲牌巧克力在起作用。

我也十分荣幸认识他的夫人夏娃，她是一位具有古典美的女性，那样美的女人，打着灯笼都难找，俩人真心相爱。他总说，人的一生中家庭最为重要。他总是忙于生意，夏娃抚育两个女儿。在父母的关爱下，两个女儿长的楚楚动人。他的女婿萨姆也十分优秀，自谦之中含有自持。

安·伍德，以前的雇员

70年代初，我在马克斯的店里做货物的发运工作。我永远不会忘记一个发货箱子我包了3遍才令他满意。他经常教导我每一件事都要追求完美，听闻此言，我开始按着他的要求努力。他是一位对待工作十分严格的人，与他在一起工作使我受益匪浅，也带来了前途。在他的严格要求下，我一个发货箱要包3遍的历史,戛然作古。后来，我在他的店里包装货物的技能堪称一流。

马克斯对他的员工都很关心，堪称礼贤下士之典范。1972年，我刚结婚不久，我家的洗衣机坏了，他知道后立即给我买了一台，还不让我掏钱。我也是移民到澳大利亚的，不久父母也都过来了。父亲刚到不久，马克斯马上帮他找了一份工作。

马克斯十分懂得同员工交心，没有上下级之分。工作中也一样，因为公司的员工来自四面八方，所以员工需要很多人文关怀，在工作中，他是先讲人、讲情，再讲更深的东西，他认为，与人交往，得先交友，再交心，才能交易呢。

马克斯的身体棒极了，有时发货，他夹着箱子从邮票店跑到邮局，一些年轻人都追不上他。下班后，我有时同他一起打壁球，不过我很难

赢他。

他全家到黄金海岸度假也是一件很滑稽的事。他会在海边跑步时用一个卡带录音机录下他的"指令"，告诉我们每天都要干什么事情，我们每天都要派人到邮局去取录音带，这就是与众不同的马克斯。

马克斯对我的成长总是耳提面命，待我有了成绩后，他也经常表扬我。工作几年后，我已经长大啦，即使愚钝如我者，几年的磨练，也学得些三招两式，用于今后的生意竟也顺风顺水，可见我在他的邮票店里的锻炼是有收获的。今天，我也经营邮票和钱币了，经常同他有着生意往来。

大卫·科巴，以前的雇员

我20多岁时曾经在马克斯的邮票店工作过几年，当时我刚从郊外搬到他邮票店附近的一套公寓里住。一次，在郊外，他要搭我的车回城里的邮票店上班。

马克斯带着邮票箱子坐上了后座，车门还没关紧，就喊了一声，"开车！"

一般那个时候很少堵车，可是不巧，车一进城，我们就发现道路拥堵。也可能是清晨下了一场暴雨，几乎所有要上班的人都被困在路上，让墨尔本和墨尔本市民尽显狼狈。在长长的车流面前，焦急的人们，抓耳挠腮。任何一个突变都有补救办法，只要是办法得当，马克斯一下子就来了精神。

熟悉他的人都知道，任何人不能让他停下来。他在后座给我下达了一系列的指令："穿过这条街，再穿过那条街，超过前面的卡车，离后面的公共汽车远点！"遇到这种交通指挥，我彻底崩溃了。

由于后座上放了邮票箱子，显得有点挤。只看见，他将手伸出车窗外，指挥着周围的汽车。在他的指挥下，我们得以在上班的时间前赶到了公司。

35

返回德国克里维茨

2010年初，我的第一本书《我的邮票生涯》被翻译成德文出版。德国克里维茨镇一所学校的几名学生参与了书中部分章节的翻译。之所以选择那里的学生参与书的翻译，是因为这座小镇同我以往的经历有联系。1945年5月，我在死亡行军的路上被苏军解放了，我当时得了伤寒，为此，我在该镇的一所医院接受过治疗。

那几位学生翻译的不错，同时也创造了历史。那是首次由德国的学生翻译的大屠杀的故事，并且在德国出版的书籍。

我收到了勃兰登堡州政府给我发的正式邀请，请我参加解放65周年纪念活动。勃兰登堡是德国的一个州，位于德国东部，环绕着柏林州。

在比劳森林公园举行的我的新书发行仪式是整个纪念活动的一部分，刚刚粉刷一新的死亡行军纪念馆此时马上对外开放。有几百人参加了这项活动，其中有俄国人、德国人、波兰人、捷克人和以色列人。

我被主办方的盛情款待所感动，特别是见到了翻译我的书的几位学生。我可以讲非常流利的德语，因此，与学生们的谈话就格外愉快。

包括我在内一共有8位犹太幸存者到场。我们在一起聊起了过去的往事，发现我们那段时间的经历各不相同。

我的女婿萨姆和二女儿露丝随行前往，萨姆被活动深深感染。回来后，他对家人说："马克斯访问德国，他的脸庞常显出现在电视上，他的新闻常见诸于报端，很多人都认识他。他无论去那，后面都有人跟着，都想与他接触，看看活的幸存者。他用德语同他们攀谈，就像一位流行乐歌星，后面跟着一大串粉丝。他沉浸在人们的微笑里不能自拔，在德国逗留的那些天，他14次接受媒体采访，足显德国大众对他来访的重视。"

令我荣幸的是澳大利亚驻德国、瑞士、列支敦士登大使彼特·泰兹阁下也专门到场参加了纪念活动。我在德国感觉非常舒服，并被授予很多荣誉。

下面是当地的一家报纸刊登的一篇文章：

89岁的马克斯回到了克里维茨镇，他是位来自墨尔本的集邮家、邮商。他说："我在这里受到热烈的欢迎。"他向该镇的9位学生赠送了邮票和钱币，这几位学生参与了他的书的部分翻译工作。

马克斯来这里是参加他的德文版《我的邮票生涯》新书发行活动，该镇的一家出版社第一版印刷了1千本。这本德文版的书籍是由海克·勃格曼翻译的，不过书中的3个章节，涉及到主人公在该镇生活的那一部分是由9位14岁至15岁德国孩子翻译的。

65年前，马克斯正是在到了该镇被解放的。1945年4月底，萨克森豪森集中营的囚犯踏上了死亡行军之路，他就是众多囚犯之一。孩子们问他："当你被解放后，你的第一感觉是什么？"马克斯告诉他们："就是一个字—饿。囚犯们想的就是能找到东西吃，也许对吃的渴望使我们生存下来。除此以外，我们什么都不想"。

死亡行军中的囚犯被送到该镇的一家医院治疗，后来，他和他的朋友奥斯卡到小镇的一个家庭里居住。在那里，当地的两名妇女精心地照料他们。经过短暂的恢复与调整后，他们回到了自己的家乡。

马克斯的整个一生都与邮票结缘。1921年，他出生在一个讲德语的犹太家庭，从小喜欢集邮，并从事多年的邮票生意。1944年，德国纳粹驱逐斯洛伐克犹太人，他的全家都被武装押运的党卫军遣送到集中营。父母双亲和两个弟弟在奥斯威辛集中营被杀害。他找到一个地方躲藏了一段时间，但还是被纳粹抓到，送到集中营。

回到家乡后，他与妻子夏娃喜结良缘。不久，夫妻选择到澳大利亚移民。他说："澳大利亚欢迎移民，其实，那时也没有别的选择"。

第二次世界大战前，马克斯就经营邮票，在澳大利亚他重操旧业开始了邮票营生。今天，他的公司邮票业务遍布全世界。对他来说，重要的是他有两个女儿、6个孙子和孙女、12个重孙子和重孙女。"家庭、体育、邮票是我一生中3个最为重要的事情"。马克斯如是说。

本书的主要翻译者—海克·勃格曼，她的英文水准很高，她是受人之托翻译这本书。昨天，对海克·勃格曼是个特别的日子，她第一次见到本书的作者马克斯，在马克斯在德国逗留期间，她将一直陪伴着他。

马克斯在学校与孩子们会面后，参加了由克里维茨镇镇长举行的欢迎仪式，并在小镇的贵宾簿上签名。马克斯、海克·勃格曼，还有参与翻译的几位学生周五要参加建在比劳森林公园死亡行军纪念馆的开馆仪式。

下面是参与翻译工作的几位同学对马克斯的评价：

15岁的菲利普·胡德说："他给人留下极深的印象。他在讲述那段痛苦经历时更显示出他的高贵品质，我在翻译他的书的时候就感觉到了，现在我又见到他本人了，更加喜爱他的人格魅力"。

14岁的杰西卡·法宾说："令人难以置信的是他回答了我们提出的所有问题。给我留下最深印象的是他同家庭的亲密关系。一天上午，当马克斯外出工作时，他家所有成员被带到了奥斯威辛集中营，然后他就再也没有见到他们。这个给我留下的印象极深"。

15岁的集邮者马克西米莲·科斯瓦斯基说："翻译工作对我来说很轻松，马克斯在书中用简易的英语描述了他的生活。书中最吸引我的是，他失去很多，也得到很多，他对生活永远充满着热情"。

孩子们的英语辅导老师说："翻译工作进展的极为顺利，一个孩子平均翻译了2页，而亲眼见到马克斯又使得故事更为真实，最为重要的是让孩子们不要忘记过去发生了什么"。

马克斯同意这种说法，他说："我的书现在十分完整了，已经被翻译成斯洛伐克文、中文、日文，但是，对我来说，能让德国的孩子将我的那些经历翻译成我的母语，是一个历史时刻"。

从左至右我的二女儿、马克斯、大使阁下、我的大女婿在书的首发式上

译者后记

　　2011年3月，在收到马克斯·斯托恩的这本书后，我立即给他写了一封信，信中除了向老人表示祝贺外，还建议在本书译成中文后，在2011年11月在中国江苏无锡举办亚洲邮展期间出版发行。老人十分高兴地答应了，还决定亲自赴无锡参加该书中文版的首发活动。最令我欣喜并让我踏实的是，老人在信中说，翻译时不一定拘泥原文，在不影响书中表达意思的前提下，可以小作调整。

　　要在几个月的时间内将一本约13万字的书翻译出来，对我是个不小的挑战。不过，有了老人给我定下的翻译原则，下一步的翻译工作就可以轻松上路了，也让我对按时完成翻译任务充满了信心。

　　为此，我把本书的翻译风格确定为：忠实于英文单词，忠实于原句式，但更要忠实的是作者要表达的意思。这也是本书作者授予我的翻译使命。

　　翻译书籍，会情不自禁地走进作者的世界中，笨拙地或自以为聪明地把自己"翻译期待"的假设与已知的文字相替换，这也就是翻译书时步入的一个境界：丰富原文。其实，这在翻译界也是惯常的景象。的确，有些"假如"的构想也实在是诱人呵。有了一番"假如"，它或许会比没有"假如"更加逼近真实的原文。

　　这就是本书追求的翻译方法，我也是按着这个方法来译这本书的，不知道读过本书的读者以为如何？

　　书中的文字翻译并不难，一般人犯难的集邮词汇我太熟悉了。让我犯难的到是，马克斯在本书开篇中提到的总是记不准日期还真是一句大实话。我就发现书中提到的代理中国邮票的具体时间有误，他在英文版书中提到的时间是上个世纪70年代。但据我掌握的情况应给该是比这个时间晚几年，好像是80年代中期，前后差了大约10年。根据马克斯确定的翻译原则，调整还是不调整？我略显犹豫。

为此，我拜访了时任中国邮票总公司的总经理刘殿杰，请老领导答疑解惑。刘总博闻强记，他不仅记得马克斯代理中国邮票的日期是80年代中期，还记得马克斯之前的中国邮票代理伊文斯是因为出售过假票，被国际邮商协会通报批评后，无奈地离开了集邮圈。为此，我在中文版的译文中将马克斯代理中国邮票的日期改过来了，也算作履行老人给我的权力，实事求是地记录当时的历史吧！

另外一件困扰我的就是书中的外国人名。因为外国人的名字有名有姓，有时指名，有时道姓。对我们中国的读者来说，不啻是一项记忆力的考验。这本书常出现的人物有几十个人，再加上作者第一本书提到的人名在这本书中也多有亮相。有时候常常在上一句看到这个人的名，下几章里看到这个人的姓，然后就晕了。我极为担心书中的人名不统一会使中国读者阅读的流畅感受到影响。因此，我翻译的时候把第一本书的人名都记录在案，让他和第二本书中出现的人名保持一致。

翻译是个苦行僧的工作，我不可能像那些专职翻译一样闭关翻译，白天单位里还有一大摊子工作，只能在时间的夹缝中调整状态涂抹文字。一般而言，周一和周五的晚上我才能挤点时间来翻译，到了周末我积蓄了一周对时间流逝的愧疚才能大译一番，挑灯夜战、废寝忘食不算，还常常放下笔后久久不能入睡，有点儿走火入魔的意思。欣慰的是，我给自己生命的这个阶段做了一个美好的交代。

还是回到这本书和主人公，马克斯本人的经历更为动人。这本书谈的都是集邮的故事，不过主人公对德国纳粹屠犹的抗拒，对生命顽强的坚守，对美好生活的向往，对邮票经营的孜孜以求才是这部书的看点。

关于本书的看点，我想再啰嗦两句。本书的书名《THE MAX FECTOR》我意译为《马克斯自述：成功因素》，那是我绞尽脑汁才想出来的。我记得老人曾经说过，"有人认为我的成功，一是运气，二是机会，其实他们说得都不对。要我总结，一是信念，二是努力。他们在看我成功的一面时，并没有看到我无数个日夜的努力和奋斗。"

老人总结的对：信念和努力是一对孪生兄弟。本书足可以证明这一点——

第二次世界大战中，面对那么多亲人惨遭杀害，他没有沉沦，在德国纳粹的杀戮中挺起脊梁，信念和努力撑起了他生活下去的勇气和希望。第二次世界大战后，他隐藏起最深重的悲痛，抚平了心灵的创伤，在他那颗伤痛流血的心里装上更多的希望。他毅然决然地移民澳大利亚，以敏锐的市场嗅觉满足着集邮市场的需求，以渊博的集邮知识适应着市场的变化，尽自己最大的努力推动着集邮活动的开展。

　　我不由地感叹，奇哉，马克斯！

高山

2011年9月18日于北京